Joseph Conrad gilt zu Recht als der größte Dichter der See und der Seefahrt. »Aber sein männliches Talent, sein Engländertum, seine freie Stirn, sein fester, kühler und humoristischer Blick, seine erzählerische Verve, Kraft und ernste Lustigkeit bewähren sich nicht weniger, wenn er sich auf dem Trockenen hält und das gesellschaftliche Leben des Festlandes anschaut, durchschaut und kritisch-plastisch gestaltet ...« Dieses Diktum Thomas Manns beweist sich auch und gerade an den ›Geschichten der Unrast‹, die Conrad 1898 publizierte und deren eine ›Die Rückkehr‹ ist.

Die in ihrem Flair und Charakter an Stendhal erinnernde Erzählung, eine Ehegeschichte, beobachtet die dramatisch zugespitzte, feindselig-wortkarge Situation zwischen einer Frau, die ihren Mann verlassen wollte, ihren Entschluß jedoch revidiert hat, und ihrem Mann, in dem Augenblick, in dem sie zu ihm zurückgekehrt ist.

Mit erregender psychologischer Subtilität inszeniert Conrad den Sturm widerstreitender Empfindungen, das Hin- und Herwogen der Kränkungen, auftrumpfenden Gereiztheiten und Mißverständnisse, den Wechsel von aufschießenden und tieferen Gefühlen – bis hin zu dem überraschenden Ausgang der Szene.

Joseph Conrad (eigentlich Józef Teodor Konrad Nalecz Korzeniowski) wurde 1857 als Sohn polnischer Landedelleute in der Ukraine geboren. Er besuchte das Gymnasium in Krakau und ging mit siebzehn Jahren nach Marseille, um Seemann zu werden. 1878 fuhr er zum erstenmal auf einem englischen Schiff, 1886 wurde er Seekapitän und englischer Staatsbürger. Er befuhr die Weltmeere, bereiste den Kongo und die Malaiischen Inseln, Schauplätze seiner späteren Romane. Schon als Seeoffizier begann er zu schreiben. Als ein tropisches Fieber ihn zwang, den Seemannsberuf aufzugeben, ließ er sich 1894 als freier Schriftsteller in England nieder. In den folgenden dreißig Jahren entstanden – oft unter großer materieller Not – die berühmten Romane und Geschichten dieses Autors, der, obwohl er die englische Sprache erst als Erwachsener erlernte, zu den großen Meistern der englischen Literatur zählt. Er starb 1924 in seinem Landhaus bei Canterbury.

Conrads Gesamtwerk umfaßt fünfzehn Romane, u. a. ›Almayers Wahn‹ (1895), ›Lord Jim‹ (1900), ›Der Geheimagent‹ (1907), ›Mit den Augen des Westens‹ (1911), neunundzwanzig Erzählungen, zwei autobiographische Bücher, drei Theaterstücke und zwei Essay-Bände.

Joseph Conrad
Die Rückkehr
Erzählung

Aus dem Englischen
von Fritz Lorch

Fischer
Taschenbuch
Verlag

Veröffentlicht im Fischer Taschenbuch Verlag GmbH,
Frankfurt am Main, Juni 1988

Lizenzausgabe mit freundlicher Genehmigung
des S. Fischer Verlags GmbH, Frankfurt am Main
Die englische Originalausgabe erschien 1898
in dem Band ›Tales of Unrest‹
Für die deutsche Übersetzung von Fritz Lorch:

Umschlaggestaltung: Hans-Georg Pospischil
und Alfons Holtgreve
Satz: Fotosatz Otto Gutfreund, Darmstadt
Druck und Bindung: Clausen & Bosse, Leck
Printed in Germany
ISBN 3-596-29309-X

Die Rückkehr

Der Zug der inneren Ringbahn von der City raste ungestüm aus einer schwarzen Höhle und hielt mit mißtönigem, knirschendem Getöse im schmutzigen Zwielicht einer West-End-Station an. Eine Reihe von Türen flog auf, und eine Menge Menschen trat hastig heraus. Sie hatten gesunde, bleiche Gesichter, trugen Zylinder, dunkle Mäntel und polierte Schuhe; in ihren behandschuhten Händen hielten sie dünne Regenschirme und eilig zusammengefaltete Abendblätter, die steifen, schmutzigen, grün, rosarot oder weißlich gefärbten Lumpen glichen. Alvan Hervey trat mit den übrigen heraus, eine glimmende Zigarre zwischen den Zähnen. Eine unbeachtete kleine Frau in verschossenem Schwarz, beide Arme voller Pakete, rannte in höchster Not daher, sprang jäh in ein Abteil dritter Klasse, und der Zug fuhr weiter. Der Knall der zuschlagenden Wagentüren war scharf und bösartig wie eine Gewehrsalve; ein eisiger Zugwind, vermischt mit stechenden Dämpfen, fegte über die Plattform und ließ einen gebrechlichen Greis, der bis über die Ohren in einen wollenen Schal gewickelt war, in der vorandrängenden Menge innehalten, um, über seinen Stock gebeugt, heftig zu husten. Niemand würdigte ihn eines Blickes. Alvan Hervey schritt durch die Sperre. Zwischen den kahlen Wänden eines schmutzigen Treppenaufgangs kletterten die Menschen eilig hinan; ihre Rükken sahen gleich aus – fast als trügen sie eine Uniform; ihre gleichgültigen Gesichter unterschieden sich, ließen aber irgendwie auf Verwandtschaft schließen wie die Gesichter einer Schar Brüder, die aus Klugheit, Hochmut, Abscheu oder Vorsicht einander entschlossen ignorierten; und ihre Augen, aufgeweckt oder schwerfällig, ihre Augen, die die staubigen Stufen hinaufblickten, ihre braunen, schwarzen, grauen, blauen Augen, hatten alle denselben angespannten und leeren, befriedigten und gedankenlosen Blick.

Hinter dem großen Ausgangstor zur Straße zerstreuten sie sich in alle Richtungen, strebten schnell voneinander fort, mit der unruhigen Miene von Menschen, die vor etwas Bloßstellendem fliehen; vor Vertraulichkeiten oder Geständnissen; vor etwas Beargwöhntem und Verheimlichtem – wie Wahrheit oder Pest. Alvan Hervey zögerte, stand einen Augenblick allein

im Ausgang und beschloß dann heimzugehen.
Er schritt energisch aus. Sprühregen legte sich wie silbriger Staub auf die Kleider, auf die Schnurrbärte; befeuchtete Gesichter, firnißte die Steinplatten, schwärzte die Wände, tropfte von Regenschirmen. Und er ging mit unbekümmerter Gelassenheit im Regen dahin, mit der ruhigen Behaglichkeit dessen, der erfolgreich und verachtungsvoll ist und seiner selbst sehr sicher – eines Mannes mit viel Geld und vielen Freunden. Er war groß, stattlich, gut aussehend und gesund; und sein helles, bleiches Gesicht trug unter seiner platten Kultiviertheit jenen gewissen leisen Zug anmaßender Brutalität, welche sich vom Besitz nicht allzu ungewöhnlicher Talente herschreibt; von Auszeichnungen im Sport oder in der Kunst des Geldverdienens; von der leichten Beherrschung von Tieren und bedürftigen Menschen.
Er ging viel früher als gewöhnlich nach Hause – auf direktem Wege von der City und ohne seinen Klub aufzusuchen. Er hielt sich für einen Mann mit guten Verbindungen, mit Bildung und Verstand. Wer tut das nicht? Aber seine Verbindungen, seine Bildung und sein Verstand waren genau diejenigen der Menschen, mit

denen er Geschäfte machte oder sich amüsierte. Er hatte vor fünf Jahren geheiratet. Damals hatten alle seine Bekannten gesagt, er sei sehr verliebt; und auch er selbst hatte das gesagt, aufrichtig, denn es wird allgemein angenommen, daß sich jeder Mann einmal im Leben verliebt – es sei denn seine Frau stirbt, in welchem Fall es nur lobenswert ist, sich noch einmal zu verlieben. Das Mädchen war gesund, groß, blond und hatte seiner Meinung nach gute Verbindungen, war gebildet und intelligent. Obendrein war sie ihres Elternhauses außerordentlich überdrüssig, wo sie, beengt wie in einer Sardinenbüchse, für die Entfaltung ihrer Individualität – auf die sie sehr viel gab – nicht genügend Spielraum hatte. Sie schritt wie ein Grenadier aus, war kräftig und aufrecht wie ein Obelisk, hatte ein schönes Gesicht, eine offene Miene, klare Augen und auch nicht einen einzigen Gedanken im Kopf. Er kapitulierte rasch vor all diesen Reizen, und sie erschien ihm so fraglos die Richtige, daß er keinen Augenblick zögerte, sich ihr zu erklären. Unter dem Deckmantel jener geheiligten und poetischen Fiktion der Liebe verlangte ihn aus den verschiedensten Gründen gebieterisch nach ihr; vor allem aber der Genugtuung wegen, seinen Kopf durchgesetzt zu haben. Er stellte sich dabei sehr geistlos und feierlich an – aus keinem erdenklichen Grund, wenn nicht dem, seine Gefühle zu verbergen –, was allerdings im höchsten Maße schicklich ist. Niemand wäre jedoch entsetzt gewesen, wenn er dieses Gebot vernachlässigt hätte, denn das Gefühl, das er in Wirklichkeit empfand, war eine Sehnsucht – eine Sehnsucht, die ohne Zweifel stärker und ein wenig komplizierter, aber doch nicht verwerflicher in ihrer Art war, als der Appetit eines Mannes auf sein Abendessen.

Nach ihrer Hochzeit machten sie sich mit bemerkenswertem Erfolg an die Erweiterung ihres Bekanntenkreises. Dreißig Leute kannten sie vom Sehen; zwanzig andere duldeten mit lächelnder Huldbezeugung ihre gelegentliche Anwesenheit hinter gastlichen Schwellen; mindestens fünfzig anderen wurde ihr Dasein zu Bewußtsein gebracht. Sie bewegten sich in ihrer erweiterten Welt unter absolut reizenden Männern und Frauen, die sich vor Gefühlsregungen, Begeisterung und dem Ruin mehr als vor Feuer, Krieg oder tödlichen Krankheiten fürchteten; die nur die gewöhnlichsten Formeln gewöhnlichster Gedanken duldeten und nur gewinnbringende Tatsachen gelten ließen. Es war eine überaus zauberhafte Atmosphäre, die Wohnstatt aller Tugenden, wo nichts wahrgenommen wird und wo alle Freuden und Schmerzen behutsam auf Vergnügen und Verdruß herabgestimmt werden. In dieser erhabenen Region also, wo edle Gefühle in genügender Fülle kultiviert werden, um den erbarmungslosen Materialismus der Gedanken und Strebungen zu verhüllen, verbrachten Alvan Hervey und seine Frau fünf Jahre kluger Wonne, unbehelligt von jeglichem Zweifel an der moralischen Zulässigkeit ihrer Existenz. Sie nahm sich, um ihrer Individualität den gebührenden Spielraum zu verschaffen, allerlei philanthropischer Werke an und wurde Mitglied manch einer rettenden und reformierenden Gesellschaft, die unter der Schirmherrschaft oder dem Vorsitz von Damen des Adels standen. Er nahm tätiges Interesse an der Politik; und da er zufällig einen Literaten kennenlernte – der nichtsdestoweniger mit einem Grafen verwandt war –, ließ er sich bewegen, eine in den letzten Zügen liegende Zeitung der Gesellschaft zu finanzieren. Es war ein halbpolitisches und völlig skandalöses Blatt, das nur durch übermäßige Stumpfsinnigkeit versöhnte; aber da es gänzlich gewissenlos war, da es keinen neuen Gedanken enthielt, da es nicht um alles in der Welt einen Funken Witz,

Bosheit, Empörung in seinen Spalten aufwies, hielt er es auf den ersten Blick hin für recht achtbar. Später, als es sich bezahlt machte, gewahrte er ohne Zögern, daß es im ganzen ein verdienstliches Unternehmen war. Es ebnete ihm die Wege seines Ehrgeizes; und er genoß obendrein jene besondere Art von Wichtigkeit, welche er aus seiner Verbindung mit dem zog, was er für Literatur hielt.

Diese Verbindung erweiterte ihre Welt noch mehr. Männer, die für die Öffentlichkeit erbaulich schrieben oder zeichneten, kamen zuweilen in ihr Haus, und sein Chefredakteur kam sehr häufig. Er hielt ihn für einen rechten Esel, weil er so große Schneidezähne hatte (schicklich ist es, kleine, ebenmäßige Zähne zu haben) und seine Haare ein wenig länger als die meisten Männer trug. Jedoch, auch Herzöge tragen ihre Haare lang, und zweifellos verstand der Bursche sein Handwerk. Das schlimmste war, daß man seiner Gesetztheit, wiewohl sie wirklich erstaunlich war, nicht trauen konnte. Er saß elegant und behäbig im Wohnzimmer, den Knauf seines Stockes in Höhe seiner großen Schneidezähne hin und her schwenkend, und redete stundenlang mit einem finstern Lächeln (nicht daß er etwas gesagt hätte, was als anstößig oder nicht zur Sache gehörig angesehen werden konnte), redete in ungewöhnlicher Weise – doch nicht augenfällig – aufreizend. Seine Stirn war hoch – ungewöhnlich hoch –, und darunter saß eine lange Nase, verloren zwischen den bartlosen Wangen, die in glatter Kurve in ein Kinn übergingen, das wie die Spitze eines Schneeschuhs geformt war. Und in diesem Gesicht, das dem Gesicht eines dicken und verteufelt schlauen Säuglings glich, glitzerte ein Paar kluger, spähender, ungläubiger schwarzer Augen. Er schrieb Verse. Ein rechter Esel. Aber die Schar Menschen, die an den Schößen seines mächtigen Gehrocks hingen, schienen wundervolle Dinge in dem zu entdecken, was er sagte. Alvan Hervey schrieb es seinem affektierten Gehabe zu. Diese Künstler waren ja so affektiert. Indessen, alles war im höchsten Maße schicklich – ihm sehr nützlich –, und seiner Frau schien es zu gefallen, als hätte auch sie einen bestimmten und geheimen Vorteil aus dieser intellektuellen Verbindung gezogen. Sie empfing ihre gemischte und artige Gesellschaft mit der ihr eigenen hohen, wuchtigen Anmut, die in eingeschüchterten Fremden ungereimte und ungehörige Erinnerungen an einen Elefanten, eine Gazelle, eine Giraffe weckten; an einen gotischen Turm –

einen zu groß geratenen Engel. Ihre Donnerstage begannen in ihrer Welt berühmt zu werden; und ihre Welt wuchs stetig, fügte sich Straße um Straße an, schloß auch nach einem Soundso benannte *Gardens*, eine *Crescent*, einige *Squares* ein.

So lebten Alvan Hervey und seine Frau während fünf gedeihlicher Jahre Seite an Seite. Mit der Zeit lernten sie sich soweit kennen, wie es für all die praktischen Zwecke solch einer Existenz erforderlich ist, aber zu einer echten Vertraulichkeit waren sie nicht mehr befähigt als zwei Tiere, die aus demselben Trog fressen, unter demselben Dach, in ein und demselben luxuriösen Stall stehen. Sein Verlangen war gestillt und wurde zur Gewohnheit; und ihr Wunsch war erfüllt – der Wunsch, dem väterlichen Haus zu entrinnen, ihre Individualität zur Geltung zu bringen, sich in ihrem eignen Kreis zu bewegen (der soviel eleganter war als der ihrer Eltern); ein eignes Haus und ihren Teil an der Achtung, dem Neid und dem Beifall der Welt zu haben. Sie verstanden einander behutsam, schweigsam – wie ein Paar vorsichtiger Komplicen in einem einträglichen Unternehmen; denn sie waren beide unfähig, eine Tatsache, ein Gefühl, einen Grundsatz oder einen

Glauben anders zu betrachten als im Licht ihrer eigenen Würde, ihrer eigenen Verherrlichung, ihres Vorteils. Hand in Hand glitten sie in einer reinen und frostigen Atmosphäre flüchtig über die Oberfläche des Lebens – wie zwei geschickte Schlittschuhläufer, die auf einer dicken Eisfläche zur Bewunderung der Zuschauer ihre Arabesken ziehen und verächtlich über den verborgenen Strom hinwegsehen, den rastlosen und dunklen Strom; den Strom des Lebens, tief und frei von Eis.
Alvan Hervey bog zweimal nach links, einmal nach rechts, umschritt zwei Seiten eines Platzes, in dessen Mitte Gruppen mutlos wirkender Bäume in ehrfürchtiger Gefangenschaft hinter Eisenstäben standen, und klingelte an seiner Haustür. Ein Stubenmädchen öffnete. Auch so eine Grille seiner Frau: nur weibliche Bedienung zu haben. Dieses Mädchen sagte, während es ihm Hut und Mantel abnahm, etwas, das ihn einen Blick auf seine Uhr werfen ließ. Fünf Uhr, und seine Frau noch nicht zu Hause. Es war nichts Ungewöhnliches. Er sagte: »Nein, keinen Tee«, und ging die Treppe hinauf.
Er stieg geräuschlos hinan. Messingstangen blinkten über die ganze Länge des Läufers hin. Auf dem Treppenabsatz des ersten Stockwerks

schob eine sittsam von Kopf bis Fuß in Steingewänder gehüllte marmorne Frau eine Reihe lebloser Zehen an den Rand eines Piedestals und streckte blindlings einen starren weißen Arm aus, der ein Lichterbündel hielt. Er bewies künstlerischen Geschmack – in seinem Haus. Schwere Portieren drängten dunkle Winkel zurück und verbargen sie halb. Auf der üppigen, gedruckten Tapete hingen Zeichnungen, Aquarelle, Stiche. Sein Geschmack war sehr ausgeprägt künstlerisch. Alte Kirchtürme lugten über grüne Laubmassen; die Berge waren purpurn, der Strand gelb, die Meere sonnig, die Himmel blau. Eine junge Dame streckte sich in einem vertäuten Boot neben einem Frühstückskorb, einer Champagnerflasche und einem verliebten Mann in einem Blazer. Knaben mit nackten Beinen kosten rührend mit zerlumpten Maiden, schliefen auf Steinstufen, tummelten sich mit Hunden. Ein ergreifend mageres Mädchen, das an eine kahle Häuserwand gepreßt dastand, hob ein Paar erlöschender Augen und bot eine Blume feil; in nächster Nähe dagegen gaben die großen Photographien eines berühmten und verstümmelten Basreliefs ein in Stein verwandeltes Gemetzel wieder.

Natürlich sah er nichts davon an, stieg noch

eine Treppe hinauf und ging geradenwegs in das Ankleidezimmer. Ein Bronzedrachen, der mit seinem Schwanz an einer Konsole befestigt war, bog sich in ruhigen Windungen von der Wand ab und hielt zwischen den konventionell gebleckten Zähnen eine grelle Gasflamme, die einem Schmetterling ähnelte. Das Zimmer war natürlich leer; doch als er eintrat, füllte es sich sogleich mit der Bewegung vieler Menschen; denn die Glasflächen in den Türen der Schränke und der lange Spiegel seiner Frau reflektierten ihn von Kopf bis Fuß und vervielfachten sein Bild um eine Menge eleganter und sklavischer Imitatoren, die genau wie er selber angezogen waren; dieselben zurückhaltenden und spärlichen Gesten machten; die sich mit ihm bewegten, in unterwürfiger Reglosigkeit mit ihm stehenblieben und genau jene Anzeichen des Lebens und Gefühls aufwiesen, wie sie zu äußern, ihm für jeden Menschen würdig und zuträglich erschien. Und wie wirkliche Menschen, die die Sklaven allgemeiner, nicht aus ihnen stammender Gedanken sind, heuchelten auch sie eine schattenhafte Unabhängigkeit durch die oberflächliche Mannigfaltigkeit ihrer Bewegungen. Sie bewegten sich zusammen mit ihm, oder sie schritten von ihm fort; sie tauchten auf; sie verschwanden; sie schienen hinter Nußbaummöbel zu schlüpfen, um sich dann wieder tief in den polierten Scheiben blicken zu lassen, während sie deutlich und unwirklich in der überzeugenden Illusion eines Raums umhergingen. Und wie bei den Menschen, die er achtete, konnte er sich darauf verlassen, daß auch sie nichts Persönliches tun würden – nichts Unvorhergesehenes und nichts Unschickliches.

Er bewegte sich eine Weile ziellos in dieser guten Gesellschaft, summte eine populäre, doch verfeinerte Weise vor sich hin und dachte an einen Geschäftsbrief aus Übersee, der am nächsten Morgen unter behutsamer Umgehung des wahren Sachverhalts beantwortet werden mußte. Dann, als er auf seinen Kleiderschrank zuging, sah er in dem langen Spiegel hinter seinem Rükken eine Ecke des Frisiertischs seiner Frau und unter dem Geglitzer silbergefaßter Gegenstände darauf den großen weißen Fleck eines Briefumschlags. Das war etwas so Ungewöhnliches in dieser Umgebung, daß er sich auf den Fersen herumdrehte, beinahe noch ehe er sich seiner Überraschung bewußt geworden war; und all die Schattenmänner um ihn her drehten sich gleichfalls um ihre Achse; alle schienen überrascht, und alle schritten geschwind auf Toilettentische mit Briefumschlägen zu.

Er erkannte die Handschrift seiner Frau und sah, daß der Brief an ihn adressiert war. Er murmelte: »Wie sonderbar«, und fühlte sich verstimmt. Abgesehen davon, daß jede wunderliche Handlung an sich schon etwas Ungehöriges war, machte die Tatsache, daß seine Frau sich eine solche leistete, ihm diese Handlung doppelt verhaßt. Daß sie ihm überhaupt schrieb, da sie doch wußte, daß er zum Abendessen heimkam, war vollkommen lächerlich; daß sie aber den Brief herumliegen ließ – deutlich sichtbar für alle, die Einblick nehmen wollten –, erschien ihm so unerhört, daß er, während er darüber nachdachte, ein bestürzendes Gefühl der Unsicherheit durchlebte, die alberne und unsinnige blitzhafte Vorstellung, das Haus könne sich ein wenig unter seinen Füßen bewegt haben. Er riß den Umschlag auf, warf einen Blick auf den Brief und setzte sich auf einen Stuhl in der Nähe.

Er hielt sich das Blatt vor die Augen und blickte auf ein halbes Dutzend Zeilen, während er von einem sinnlosen und heftigen Lärm betäubt wurde, der wie das Dröhnen eines Gongs oder das Rühren von Trommeln war; ein großes, zielloses Getöse, welches gewissermaßen verhinderte, daß er sich denken hörte, und welches aus seinem Geist eine absolute Leere machte. Dieser absurde und verwirrende Tumult schien aus den geschriebenen Worten zu sickern, zwischen seinen Fingern hervorzuquellen, die zitternd das Blatt Papier hielten. Und plötzlich ließ er den Brief fallen, als wäre er etwas Heißes oder Giftiges oder Schmutziges gewesen. Mit der unüberlegten Hast eines Mannes, der Feuer- oder Mordalarm schlagen will, stürzte er ans Fenster, schob es hoch und streckte seinen Kopf hinaus. Ein eisiger Windstoß, der durch die feuchte und rußige Dunkelheit über der Masse der Dächer und Schornsteine fegte, schlug ihm naßkalt ins Gesicht. Er sah eine grenzenlose Finsternis vor sich, in der ein Gewirr von Mauern stand, und zwischen ihnen erstreckten sich die vielen Reihen Gaslaternen wie aufgefädelte Feuerperlen bis in weite Ferne. Ein düsterer Schein gleich dem einer verborgenen Feuersbrunst erleuchtete von unten schwach den Nebel, der sich über die sich auftürmende und reglose See aus Schiefer und Backsteinen herabgesenkt hatte. Bei dem Rattern des hochgestoßenen Fensters schien die Welt aus der Nacht hervorzuspringen und sich ihm entgegenzuwerfen, während von unten ein gewaltiger und leiser Ton an sein Ohr drang. Das tiefe Raunen von etwas Unermeßlichem und Lebendigem. Es durchbebte ihn mit einem Gefühl des Schreckens, und er keuchte leise. Von dem Droschkenstand auf dem Platz unten vernahm man deutliche, rauhe Stimmen und ein Hohngelächter, das unheilverkündend hart und grausam war. Es klang bedrohlich. Er zog den Kopf ein, wie vor einem gezielten Hieb, und schob schnell das Fenster herab. Er machte einige Schritte, stolperte über einen Stuhl, nahm alle seine Kräfte zusammen, um eines bestimmten Gedankens habhaft zu werden, der frei in seinem Kopf herumsauste. Endlich gelang es ihm – nach einer größeren Anstrengung, als er erwartet hatte; sein Gesicht war gerötet, und er keuchte, als hätte er ihn mit seinen Händen gepackt, doch seine geistige Herrschaft war schwach darüber – so schwach, daß er es für notwendig erachtete, ihn laut zu wiederholen –, ihn mit fester Stimme auszusprechen, um von ihm restlos Besitz zu ergreifen. Aber er war nicht willens, seine Stimme zu hören – überhaupt irgendeinen Laut zu hören –, und zwar als Folge eines verschwommenen Glaubens, der sich langsam in ihm formte, daß Einsamkeit und Stille die größte Glückseligkeit des Menschen seien. Im nächsten Augenblick dämmerte ihm, daß sie vollkommen unerrcichbar seien – daß Gesichter angesehen, Wörter gesprochen, Gedanken gehört werden müßten. All die Wörter – all die Gedanken!

Er sagte sehr deutlich und blickte auf den Teppich: »Sie ist fort.«

Es war fürchterlich – nicht die Tatsache, sondern die Worte; die Worte waren geladen mit der schattenhaften Gewalt einer Bedeutung, die die unerhörte Macht zu haben schien, das Schicksal auf die Erde herabzubeschwören, gleich jenen seltsamen und erschreckenden Worten, die man gelegentlich im Schlaf vernimmt. Sie vibrierten in einer metallischen Atmosphäre um ihn her, in einem Raum von der Härte des Eisens und mit der Resonanz der Bronze. Während er auf die Spitzen seiner Schuhe hinabblickte, schien er sinnend auf die verebbende Schallwelle zu horchen; auf die Welle, die in einen immer weiter werdenden Kreis auslief, die Straßen, Dächer, Kirchtürme umschloß – und weiterwanderte, endlos sich ausbreitend, weit, sehr weit, bis dorthin, wo er nichts mehr hören, wo er sich nichts mehr vorstellen konnte – wo er . . .

»Und – mit diesem . . . Esel«, sagte er wiederholt, ohne sich im geringsten zu rühren. Und es gab nichts als Demütigung. Nichts. Aus keinem Aspekt dieser Situation, die nach allen Seiten nur Schmerz ausstrahlte, war ein moralischer Trost zu ziehen. Schmerz. Was für ein Schmerz? Ihm kam zu Bewußtsein, daß ihm das Herz brechen müßte; aber binnen eines erstaunlich kurzen Moments erkannte er, daß sein Leiden nicht von so belangloser und unwürdiger Art war. Es war alles in allem eine viel ernstere Sache und hatte eher Teil an dem Wesen jener verschwiegenen und grausamen Gefühle, die von einem Fußtritt oder Peitschenhieb geweckt werden. Er fühlte sich speiübel – physisch speiübel –, als hätte er auf etwas Ekelhaftes gebissen. Das Leben, das für ein geordnetes Gemüt eine zur Beglückwünschung auffordernde Sache sein sollte, erschien ihm sekundenlang völlig unerträglich. Er hob das Blatt vom Boden auf und setzte sich mit dem Wunsch hin, alles durchzudenken: zu verstehen, warum seine Frau – *seine* Frau! – ihn verlassen haben sollte, warum sie Achtung, Bequemlichkeit, Frieden, Schicklichkeit, Stellung von sich geworfen haben sollte – alles von sich geworfen haben sollte für nichts! Er setzte sich, um die verborgene Logik ihres Handelns zu durchdenken – eine geistige Unternehmung, die der Mußestunden in einem Tollhaus würdig gewesen wäre, wenn er sich das auch nicht eingestehen konnte. Und er dachte an seine Frau in jeder Beziehung, nur in der einen, allem zugrunde liegenden, nicht. Er dachte an sie als ein wohlerzogenes Mädchen, als eine Ehefrau, als eine kultivierte Person, als die Herrin eines Hauses, als eine Dame; aber nicht einen Moment lang dachte er schlicht an sie als eine Frau.

Dann fegte eine neue Woge, eine wütende Woge der Demütigung über seinen Geist hin und ließ dort nichts zurück als ein Gefühl tiefster, unverdienter Erniedrigung. Warum mußte er in eine so schauerliche Bloßstellung verwickelt werden! Sie vernichtete alle Vorteile seiner wohlgeordneten Vergangenheit durch eine Wahrheit, die wirksam und ungerecht wie eine Verleumdung war – und die Vergangenheit war vertan. Ihr Versagen war enthüllt – ein deutliches Versagen auf seiner Seite –, das Versagen nämlich, zu erkennen, zu wachen, zu verstehen. Es konnte nicht geleugnet werden, es konnte nicht wegerklärt, nicht unter den Tisch fallen gelassen werden. Er konnte nicht gute Miene zum bösen Spiel machen. Nein – wenn sie bloß gestorben wäre!

Wenn sie bloß gestorben wäre! Er wurde dazu getrieben, auf solch einen ehrbaren Verlust neidisch zu sein – einen Verlust, der so vollkommen frei von jedem Anflug des Unglücks war, daß sogar sein bester Freund oder sein größter Feind nicht den leisesten Jubel empfunden hätte. Niemand hätte sich darum gekümmert. Er suchte Trost in der fortgesetzten Betrachtung des einzigen Faktums im Leben, das, im Geschnatter und Prunk schöner Worte untergehen zu lassen, die entschlossenen Anstrengungen der Menschheit niemals erfolglos waren. Und nichts leistet der Lüge mehr Vorschub als der Tod. Wenn sie nur gestorben wäre! Bestimmte Worte wären in traurigem Ton zu ihm gesprochen worden, und er hätte mit geziemender Seelenstärke die schicklichen Antworten gegeben. Es gab Präzedenzfälle für so etwas. Und niemand hätte sich darum gekümmert. Wenn sie bloß gestorben wäre! Die Versprechen, die Schrecken, die Hoffnungen auf Ewigkeit, sie sind Sache der Verwesten; aber die offenkundige Süße des Lebens gehört den lebendigen, gesunden Menschen. Und das Leben war seine Sache: dieses vernünftige und ersprießliche Dasein, das nicht von zu viel Liebe oder zu viel Reue gestört wurde. Sie hatte dieses Dasein durchkreuzt, hatte es entstellt. Und plötzlich sagte er sich, er müsse wahnsinnig gewesen sein, daß er eine Ehe eingegangen war. Es kam zu sehr einem sich Wegwerfen gleich, einem offen zur Schau Tragen der Gefühle. Aber jeder heiratete. War die ganze Menschheit verrückt!

Unter dem Schlag dieses überraschenden Gedankens blickte er auf und sah zu seiner Linken, seiner Rechten, vor sich, in weiter Ferne Männer in Stühlen sitzen und ihn mit wilden Augen anstarren – Abgesandte einer zerrütteten Menschheit, die eindrangen, um ihn in seinem Schmerz und seiner Demütigung heimlich zu belauschen. Es war nicht zum Aushalten. Er stand rasch auf, und auch die andern rings um ihn sprangen auf. Er blieb still in der Mitte des Zimmers stehen, als hätte ihn ihre Wachsamkeit entmutigt. Kein Entrinnen! Er fühlte etwas wie Verzweiflung. Jeder mußte es wissen. Die Dienstboten würden es noch heute abend erfahren. Er knirschte mit den Zähnen ... Und er hatte nichts bemerkt, hatte nie etwas vermutet. Jeder würde es erfahren. Er überlegte. Die Frau ist ein Ungeheuer, aber jeder wird mich für einen Tölpel halten; und während er, noch immer umgeben von ernsten Nußbaummöbeln, dastand, verspürte er einen solchen Sturm der

Seelenpein in sich, daß er schon sah, wie er sich auf dem Teppich wälzte und seinen Kopf gegen die Wand schlug. Er ekelte sich vor sich selbst, vor den abscheulichen Gefühlswallungen, die alle Reserven durchbrachen, welche seine Mannesehre bewachten. Etwas Unbekanntes, Lähmendes und Giftiges war in sein Leben eingedrungen, war dicht an ihm vorübergeglitten, hatte ihn berührt, und nun war ihm der Boden unter den Füßen weggezogen. Er war erschrokken. Was war es? Sie war fort. Warum? Sein Kopf war im Begriff, bei der Bemühung, ihr Handeln und sein heimliches Grauen davor zu verstehen, auseinanderzuspringen. Alles war verändert. Warum? Nur ein Weib fort, wenn schon; und doch hatte er eine Vision, eine Vision – jäh und deutlich wie ein Traum: die Vision, daß alles, was er für unantastbar und sicher in der Welt gehalten hatte, rings um ihn her zusammenbrach, wie es feste Mauern unter dem wütenden Ansturm eines Orkans tun. Er starrte vor sich hin, zitterte am ganzen Leib, während er den zerstörerischen Ansturm spürte, den geheimnisvollen Sturm der Leidenschaft, der den tiefen Frieden seines Hauses aufwühlte. Er sah sich furchtsam um. Ja. Ein Verbrechen mag verziehen werden; selbstloses

Opfer, blindes Vertrauen, flammender Glaube, andere Narrheiten mögen sich als nützlich erweisen; Leiden, selbst der Tod, mögen mit einem Grinsen oder einem Stirnrunzeln aus der Welt geschafft werden; aber Leidenschaft ist die unverzeihliche und geheime Schändlichkeit unseres Herzens, etwas, das man verflucht, verbirgt und leugnet; ein schamloses und hoffnungsloses Ding, das die lächelnden Versprechen niedertrampelt, das die freundliche Maske herunterreißt, das den Leib des Lebens bloßlegt. Und ihm war das zugestoßen! Es hatte seine unsaubere Hand auf die blütenreine Gewandung seines Daseins gelegt, und er mußte es allein durchstehen, während alle Welt zusah. Alle Welt! Und er dachte, daß schon der bloße Verdacht solch eines Gegners innerhalb seines Hauses einen Makel und einen Fluch in sich trage. Er streckte seine Hände aus, um die Annäherung einer entehrenden Wahrheit abzuwehren; und sogleich führte die entsetzte Versammlung unwirklicher Männer, die jenseits der klaren Spiegelflächen stumm um ihn herum standen, dieselbe zurückweisende Geste gegen ihn aus.

Er blickte umsonst hierhin und dorthin, wie ein Mann, der in seiner Verzweiflung nach einer Waffe oder einem Versteck Ausschau hält, und

verstand endlich, daß er entwaffnet und in die Enge getrieben worden war von jenem Feind, der ihn bedenkenlos niederstrecken und sein Herz entblößen würde. Er konnte nirgends Hilfe finden und nicht einmal mit sich zu Rate gehen, denn in dem plötzlichen Entsetzen über ihre Fahnenflucht waren die Stimmungen, die er, getreu seiner Erziehung, seinen Vorurteilen und seiner Umgebung, hätte empfinden müssen, so überwuchert worden von der Neuheit echten Gefühls, ursprünglichen Gefühls, welches nichts von Glaubensbekenntnissen, von Stand oder Erziehung weiß, daß er nicht in der Lage war, deutlich zwischen dem zu unterscheiden, was ist, und dem, was sein sollte; zwischen unverzeihlicher Wahrheit und berechtigten Ansprüchen. Und er wußte sogleich, daß die Wahrheit ihm nichts nützen würde. Eine Verheimlichung schien notwendig, weil man nichts erklären kann. Natürlich nicht! Wer würde zuhören? Man hatte einfach ohne Makel und ohne Tadel zu sein, um seinen Platz in der vordersten Reihe des Lebens zu behaupten.
Er sagte sich: ›Ich muß darüber hinwegkommen, so gut ich kann‹, und begann im Zimmer auf und ab zu wandern. Was war das Nächste? Was mußte geschehen? Er dachte: Ich werde

reisen – nein, das werde ich nicht tun. Ich werde es durchstehen. Und als dieser Entschluß einmal gefaßt war, wurde er höchlich von der Erwägung aufgemuntert, daß ihm dabei eine stumme und einfache Rolle zufiel, denn vermutlich würde sich niemand über das scheußliche Verhalten dieser – dieser Frau mit ihm unterhalten wollen. Er sagte sich, daß anständigen Leuten – und er kannte nur solche – nichts daran lag, über solch unanständige Geschichten zu sprechen. Sie war ja davongelaufen – mit diesem ungesunden, fetten Esel von einem Journalisten. Warum? Er war ihr alles das gewesen, was man von einem Ehemann erwarten durfte. Er hatte ihr eine gute Position verschafft – sie teilte seine Aussichten –, er hatte sie beständig mit größter Rücksicht behandelt. Er musterte sein Verhalten mit einer Art düsterem Stolz. Es war untadelig gewesen. Warum denn? Aus Liebe? Welche Ruchlosigkeit! Liebe konnte nicht im Spiel gewesen sein. Ein schändlicher Impuls der Leidenschaft. Ja, Leidenschaft. Seine Frau! Gütiger Gott! . . . Und der ekle Aspekt seines häuslichen Elends berührte ihn als derartige Schmach, daß er sich im nächsten Augenblick dabei ertappte, wie er albern dem Gedanken nachhing, ob er sich nicht in ein besseres

Licht stellte, wenn er die Meinung in Umlauf setzte, daß er die Gewohnheit gehabt habe, seine Frau zu prügeln. Manche Leute taten das ... und alles wäre besser gewesen als die schmutzige Tatsache; denn es war deutlich genug, daß er fünf Jahre mit der Wurzel des Übels zusammengelebt hatte – nein, es war zu schmählich. Alles! Alles! Brutalität ... Aber er verwarf es sogleich wieder und begann an das Scheidungsgericht zu denken. Dieses erschien ihm – ungeachtet seiner Ehrerbietung vor Gesetz und Gewohnheit – nicht als eine schickliche Zuflucht für ehrbaren Kummer. Es dünkte ihn eher eine unsaubere und finstere Höhle, in die Männer und Frauen von einem feindlichen Geschick gewaltsam geschleppt wurden, um sich vor der unerbittlichen Wahrheit lächerlich in Qualen zu winden. Es sollte nicht erlaubt sein. Dieses Weib! Fünf ... Jahre ... verheiratet seit fünf Jahren ... und nie etwas zu bemerken. Nicht bis zum letzten Tag ... nicht bis zum Augenblick, da sie kaltblütig davonging. Und er malte sich aus, wie die Menschen seines Bekanntenkreises darüber grübeln würden, ob er während all der Zeit blind, töricht oder verblendet gewesen sei. Was für ein Weib! Blind! ... Keineswegs. Konnte ein sauber denkender Mensch sich solche

Verderbtheit vorstellen? Offensichtlich nicht. Er holte erleichtert Atem. Das war die Haltung, die er einnehmen mußte; sie war geziemend genug; sie verlieh ihm Überlegenheit, und er konnte nicht umhin, sich einzugestehen, daß sie die moralische war. Er sehnte sich aufrichtig danach, die Moral (in seiner Person) vor der Welt triumphieren zu sehen. Was sie anging – sie würde vergessen werden. Sollte sie vergessen werden – begraben im Vergessen – verloren! Niemand würde auf sie anspielen ... Kultivierte Leute – und jeder Mann und jede Frau seines Bekanntenkreises konnte so bezeichnet werden – schreckten natürlich vor solch einem Thema zurück. Wirklich? O ja. Niemand würde auf sie anspielen ... in seiner Gegenwart. Er stampfte mit dem Fuß auf, riß den Brief mitten durch, dann noch einmal und noch einmal. Der Gedanke an mitfühlende Freunde erregte ein wütendes Mißtrauen in ihm. Er schleuderte die kleinen Papierschnipsel von sich fort. Sie fielen flatternd um seine Füße zu Boden und sahen sehr weiß auf dem dunklen Teppich aus, wie eine Handvoll verstreuter Schneeflocken.

Diesem Ausbruch glühenden Zorns folgte eine jähe Traurigkeit, ein verdüsternder Gedanke, der über die versengte Oberfläche seines Herzens lief, wie über eine wüste Ebene nach einem wilderen Ansturm der Sonnenstrahlen der schwermütige und kühlende Schatten einer Wolke ziehen mag. Er erkannte, daß er einen Schock erlitten hatte – nicht einen kräftigen und erschütternden Hieb, dem begegnet, widerstanden, der erwidert, vergessen werden kann, sondern einen heimtückischen und durchdringenden Stoß, der alle jene verborgenen und grausamen Gefühle aufgerührt hatte, die die Künste des Teufels, die Ängste des Menschengeschlechts – Gottes unendliche Barmherzigkeit vielleicht – in dem unergründlichen Zwielicht unserer Brust in Ketten halten. Ein dunkler Vorhang schien vor ihm hochzugehen, und für weniger als eine Sekunde blickte er auf den geheimnisvollen Kosmos moralischen Leides. Wie eine Landschaft unter einem Blitzstrahl vollständig und riesenhaft lebendig vor einem liegt, so enthüllte sie ihm für Augenblicke die ganze Unermeßlichkeit des Schmerzes, die eine Sekunde menschlichen Denkens enthalten kann. Dann fiel der Vorhang wieder, aber die jähe Vision hinterließ in Alvan Herveys Gemüt eine Spur unüberwindlicher Traurigkeit, ein Gefühl des Verlustes und bitterer Einsamkeit, als wäre er beraubt und verbannt worden. Für einen Augenblick hörte er auf, Mitglied der Gesellschaft zu sein, mit einer Position, einer Karriere und einem Namen, der dem allen anhaftete wie das Etikett einer komplizierten Mischung. Er war ein schlichtes menschliches Wesen, das der angenehmen Welt der *Crescents* und der *Gardens* entrückt war. Er stand allein, nackt und furchtsam, wie der erste Mensch am ersten Tag des Übels. Es gibt Ereignisse im Leben, Berührungen, Einblicke, die grausam die ganze Vergangenheit zu einem Abschluß zu bringen scheinen. Da gibt es einen Krach und einen Knall, als werde ein Tor von der heimtükkischen Hand des Schicksals hinter einem zugeschlagen. Geh, und such dir ein anderes Paradies, Narr oder Weiser. Es gibt einen Augenblick stummen Schreckens, und die Wanderung muß von vorne beginnen, das schmerzensvolle Hinwegerklären von Tatsachen, das fiebrige Aufrühren von Illusionen, der Anbau einer frischen Lügensaat im Schweiß des Angesichts, um das Leben zu fristen, um es erträglich, um es schön zu machen, um einer neuen Generation blinder Wanderer unversehrt die zauberhafte Legende eines Landes der Herzlosigkeit weiterzugeben, eines Landes der Verheißung – ganz Blumen und Gnaden …

Er kam mit einem leisen Ruck wieder zu sich und wurde sich einer bedrückenden, zerschmetternden Ödnis bewußt. Es war zwar nur eine Empfindung, aber sie hatte eine physische Wirkung auf ihn, gleichsam als ob seine Brust in einem Schraubstock zusammengepreßt würde. Er hielt sich für so unendlich verloren und beklagenswert und war so tief bewegt von dem bedrückenden Kummer, daß ihm eine weitere Umdrehung der Schraube, so fühlte er, die Tränen in die Augen gepreßt hätte. Er fühlte sich entwurzelt. Fünf Jahre gemeinsamen Lebens hatten seine Sehnsucht gestillt. Ja, schon vor langer Zeit war sie gestillt. Die ersten fünf Monate hatten das bewirkt – aber ... Es blieb die Gewohnheit – die Gewohnheit ihrer Person, ihres Lächelns, ihrer Gebärden, ihrer Stimme, ihres Schweigens. Sie hatte eine reine Stirn und schönes Haar. Wie entsetzlich armselig war das alles. Schönes Haar und klare Augen – bemerkenswert klare. Er war erstaunt über die Zahl der Einzelheiten, die sich seinem unwilligen Gedächtnis eingeprägt hatten. Er erinnerte sich, ohne es zu wollen, an ihren Schritt, das Rascheln ihres Kleides, ihre Kopfhaltung, ihre entschiedene Art, »Alvan« zu sagen, das Beben ihrer Nasenflügel, wenn sie verstimmt war. All das war so sehr sein Eigentum gewesen, so vertraut und in ausgesprochener Weise sein eigen! Er raste trauervoll und still, während er eine Aufstellung seiner Verluste machte. Er war wie ein Mann, der die Kosten einer unglücklichen Spekulation berechnet – verärgert, niedergeschlagen –, erbittert über sich selbst und über andere, über die Glücklichen, über die Gleichgültigen, über die Verhärteten; doch das Unrecht, das ihm angetan worden war, erschien ihm so grausam, daß er vielleicht eine Träne über seine Einbuße vergossen hätte, wäre er nicht der Überzeugung gewesen, daß Männer nicht weinen. Ausländer tun es; sie töten auch gelegentlich unter solchen Umständen. Und zu seinem Schrecken fühlte er sich gedrängt, fast die Gepflogenheiten einer Gesellschaft zu bedauern, die zwar bereit war, die Erschießung eines Einbrechers zu verzeihen, ihm aber unter diesen Umständen auch nur den Gedanken an Mord untersagte. Dennoch ballte er seine Fäuste und setzte seine Zähne fest aufeinander. Und gleichzeitig hatte er Angst. Er hatte jene durchdringende, zaudernde Angst, die einem, wie es scheint, mitten im Kampf das Herz in eine Handvoll Staub verwandelt. Die Ansteckung ihres Verbrechens breitete sich aus, vergiftete das Universum, vergiftete ihn selbst; weckte all die schlafenden Infamien der Welt auf; verursachte eine gräßliche Hellsichtigkeit, in welcher er die Städte und Felder der Erde erblickte, ihre heiligen Orte, ihre Tempel und ihre Häuser, bevölkert mit Ungeheuern – mit Ungeheuern der Falschheit, der Lust, des Mordes. Sie war ein Ungeheuer – er selbst hegte ungeheuerliche Gedanken … und doch war er wie andere Menschen. Wie viele Männer und Frauen versanken in diesem Augenblick in Schändlichkeiten – sannen auf Verbrechen. Es war furchtbar, daran zu denken. Er erinnerte sich an alle Straßen – die Straßen der Wohlhabenden –, an denen er auf seinem Heimweg vorübergekommen war; an all die unzähligen Häuser mit verschlossenen Türen und gardinenbehängten Fenstern. Jedes erschien ihm jetzt wie eine Wohnstatt der Qual und Torheit. Und seine Gedanken standen wie vor Entsetzen still, als er sich mit Schrecken des sittsamen und beängstigenden Schweigens erinnerte, das wie eine Verschwörung war; des grimmigen, undurchdringlichen Schweigens der meilenlangen Wände, die Leidenschaften, Elend, Frevelgedanken verbargen. Sicher war er nicht der einzige Mann; sein Haus war nicht das einzige … und doch wußte niemand etwas

– ahnte niemand etwas. Aber er wußte es. Er wußte es mit einer unfehlbaren Gewißheit, die sich nicht von dem korrekten Schweigen der Mauern, von verschlossenen Türen, von gardinenbehängten Fenstern täuschen ließ. Er war außer sich wie ein Mann, der ein tödliches Geheimnis erfahren hat – das Geheimnis eines Unheils, das die Sicherheit des Menschengeschlechts bedrohte – die Heiligkeit, den Frieden des Lebens.

Er erblickte sich in einem der Spiegel. Es war eine Erleichterung. Die Qual seines Gefühls war so mächtig gewesen, daß er halb damit gerechnet hatte, ein wildverzerrtes Gesicht dort zu sehen, und nun war er angenehm überrascht, auf nichts dergleichen zu stoßen. Sein Äußeres jedenfalls würde niemandem Einblick in seinen Schmerz gewähren. Er betrachtete sich aufmerksam. Seine Hosen waren hochgeschlagen und seine Schuhe ein wenig beschmutzt, doch sah er wie gewöhnlich aus. Nur sein Haar war ein wenig zerzaust, und diese Unordnung wies irgendwie so deutlich auf Verdruß hin, daß er hastig zum Toilettentisch ging und in dem ängstlichen Bestreben, diese bloßstellende Spur, dieses einzig sichtbare Merkmal seiner Gefühlswallung zu tilgen, die Bürsten aufnahm.

Er bürstete sich mit Sorgfalt, verfolgte die Wirkung seiner glättenden Striche; und ein anderes Gesicht – ein wenig blaß und abgespannter, als vielleicht zu wünschen war – blickte ihm aus dem Spiegel entgegen. Er legte die Bürsten hin und war nicht zufrieden. Er nahm sie wieder auf und bürstete, bürstete mechanisch – vergaß sich bei dieser Beschäftigung. Der Aufruhr seiner Gedanken endete in dem langsamen Fluß einer Überlegung, so wie nach einem Vulkanausbruch der fast unwahrnehmbar vorwärtsstrebende Lavastrom träge über das erschütterte Land kriecht und erbarmungslos jede Landmarke tilgt, die der Erdstoß übrig ließ. Es ist ein zerstörerisches aber vergleichsweise friedliches Phänomen. Alvan Hervey war fast besänftigt von dem bedächtigen Schritt seiner Gedanken. Seine moralischen Landmarken schwanden eine nach der andern, verschlungen von dem Feuer seiner Erfahrung, begraben in heißem Schlamm, in Asche. Er kühlte ab – an der Oberfläche; aber darunter blieb genügend Hitze, um ihn die Bürsten auf den Tisch schleudern zu lassen, und, während er sich abwandte, in einem scharfen Flüsterton zu sagen; »Ich wünsche ihm viel Spaß … Verdammtes Weib.«

Er fühlte sich restlos verderbt durch ihre Verruchtheit, und das bedeutsamste Symptom seines moralischen Falls war die bittere, ätzende Befriedigung, mit der er ihn zur Kenntnis nahm. Er fluchte absichtlich in seinen Gedanken; er dachte sich höhnische Bemerkungen aus; er formte in tiefstem Schweigen Worte zynischen Unglaubens, und seine geheiligtesten Überzeugungen wurden schließlich als engstirnige Vorurteile eines Narren bloßgestellt. Eine Menge formloser, unsauberer Gedanken fuhr ihm in einem heimlichen Schwall durch den Sinn, wie eine Schar Missetäter, die zum Verbrechen hasten. Er schob die Hände tief in seine Taschen. Er hörte ein leises Klingeln irgendwo und murmelte zu sich selbst: »Ich bin nicht der einzige ... nicht der einzige.« Es wurde noch einmal geklingelt. Haustüre! Sein Herz schnellte ihm plötzlich in die Kehle hinauf und sank dann bis zu den Schuhen hinab. Besuch! Wer? Warum. Er wollte in den Korridor hinausstürmen und dem Dienstmädchen zurufen: »Nicht zu Hause! Abgereist!« ... Irgendeine Entschuldigung. Er konnte keinem Besucher gegenübertreten. Nicht an diesem Abend. Nein. Morgen ... Ehe er aus der Gelähmtheit ausbrechen konnte, die ihn wie ein bleiernes Tuch umhüllte, hörte er tief unten, gleichsam in den Eingeweiden der Erde, eine Tür laut ins Schloß fallen. Das Haus erzitterte darunter mehr als unter einem Donnerschlag. Er blieb still stehen und wünschte, daß er unsichtbar werden könnte. Das Zimmer war eisig. Er hätte nicht geglaubt, daß er sich jemals so fühlen würde. Aber die Leute mußten empfangen werden – man mußte ihnen gegenübertreten – sich mit ihnen unterhalten – ihnen zulächeln. Er hörte noch eine Tür, sehr viel näher – die Tür des Wohnzimmers –, sie wurde geöffnet und wieder zugeschlagen. Er glaubte einen Augenblick, er würde ohnmächtig. Wie absurd! Das mußte durchgestanden werden. Eine Stimme war zu hören. Er konnte die Worte nicht verstehen. Dann sprach die Stimme abermals, und auf dem Treppenabsatz des ersten Stockwerks waren Schritte zu hören. Zum Henker! Mußte er denn immer diese Stimme und diese Schritte hören, wenn jemand redete oder daherkam. Er dachte: ›Das ist ja, wie wenn man verfolgt wird – vermutlich wird es eine Woche dauern, mindestens. Bis ich vergesse. Vergessen! Vergessen!‹ Jemand kam die Treppe zum zweiten Stock herauf. Dienstmädchen? Er horchte. Dann brüllte er plötzlich, als ob ihm eine unglaubliche, erschreckende Eröffnung von weither zugerufen worden wäre, mit einer so unmenschlichen Stimme: »Was! Was!« in das leere Zimmer, daß er selbst zusammenfuhr. Die Schritte hielten vor der Tür an. Er stand mit offenem Mund da, rasend und still, wie auf der Höhe einer Katastrophe. Der Türgriff ratterte leise. Ihm war, als rissen die Wände auf, die Möbel schwankten um ihn her; einen Augenblick neigte sich die Decke sonderbar, ein großer Kleiderschrank versuchte umzupurzeln. Er umklammerte die Lehne eines Stuhls. Er war also gegen einen Stuhl getaumelt! Oh! Zum Teufel! Er hielt sich fest.

Der flammende Schmetterling, der zwischen den Kiefern des Bronzedrachens saß, strahlte einen Glanz aus, einen Glanz, der plötzlich in eine grelle, blendende Helligkeit aufzulodern schien und es ihm schwer machte, die Gestalt seiner Frau, die aufrecht mit dem Rücken gegen die geschlossene Tür dastand, wahrzunehmen. Er sah sie an und vermochte nicht, ihr Atmen zu erkennen. Das harte und wütende Licht schlug ihr entgegen, und er war erstaunt, als er sah, wie gut sie die Gelassenheit ihrer aufrechten Haltung in dieser grellen Helligkeit bewahrte, die sie, in seinen Augen, wie ein heißer, verzehrender Dunst umhüllte. Er wäre nicht überrascht gewesen, wenn sie darin so plötzlich verschwunden wäre, wie sie aufgetaucht war. Er starrte sie an und lauschte; lauschte auf ein Geräusch, aber die Stille ringsum war absolut, als wäre er von einem zum nächsten Augenblick sowohl vollkommen taub wie auch schwachsinnig geworden. Dann kehrte sein Gehör zurück, unnatürlich scharf. Er hörte das Prasseln eines Regenschauers gegen die Fensterscheiben hinter der herabgezogenen Jalousie, und unten, tief unten in dem künstlichen Abgrund des Platzes das gedämpfte Poltern von Rädern und den platschenden Trott eines Pferdes. Er hörte auch ein Stöhnen – sehr deutlich – im Zimmer – dicht an seinem Ohr.

Er dachte beunruhigt: ›Ich muß selber einen Laut von mir gegeben haben‹; und im selben Augenblick verließ die Frau die Tür, kam festen Schrittes über den Fußboden auf ihn zu und setzte sich in einen Stuhl. Er kannte diesen Schritt. Es gab keinen Zweifel darüber. Sie war zurückgekommen. Und beinahe hätte er laut gesagt: »Natürlich!« – solcherart war seine plötzliche und meisterhafte Erkenntnis ihres unzerstörbaren Wesenszuges. Nichts konnte sie zerstören – und nichts außer seine eigene Zerstörung konnte sie fernhalten. Sie war die Ausgeburt aller jener kurzen Augenblicke, die jeder Mann sich aus seinem Leben für seine Träume aufspart, für kostbare Träume, welche die am meisten gehegten, die lohnendsten seiner Wahnvorstellungen feste Form annehmen lassen. Er spähte mit innerlichem Beben zu ihr hinüber. Sie war rätselhaft, bedeutsam, voll verborgenen Sinns – wie ein Symbol. Er spähte leicht vorgebeugt hinüber, als habe er an ihr Dinge entdeckt, die er nie zuvor bemerkt hatte. Unbewußt machte er einen Schritt auf sie zu – dann noch einen. Er sah, wie ihr Arm eine weitausholende, entschlossene Bewegung machte – und er hielt inne. Sie hatte ihren Schleier gehoben. Es war wie das Öffnen eines Visiers.

Der Bann war gebrochen. Er erlebte einen Schrecken, als sei er durch den Knall einer Explosion aus einer Betäubung aufgewacht. Es war fast noch überraschender und deutlicher; es war eine unendlich viel tiefergehende Wandlung; denn er hatte das Gefühl, als sei er erst in diesem Augenblick ins Zimmer getreten; als sei er von sehr weit her zurückgekehrt; er wurde gewahr, daß ein wesentlicher Bestandteil von ihm in einem Blitz wieder in seinen Körper zurückgefahren, endlich aus einer wütenden und jammervollen Region, aus der Wohnung der unverschleierten Herzen zurückgekehrt war. Er erwachte in eine überraschende Maßlosigkeit der Verachtung, in eine drollige Bitterkeit des Staunens, in die ernüchterte Überzeugung der Sicherheit. Er warf einen Blick auf die unwiderstehliche Kraft, und er sah auch die Unfruchtbarkeit seiner Überzeugungen – ihrer Überzeugungen. Ihm war, als könnte er nie einen Irrtum begehen, solange er am Leben war. Es war moralisch unmöglich fehlzugehen. Er wurde von dieser Gewißheit nicht beflügelt; er war dunkel beunruhigt über ihren Preis; es lag ein Eishauch gleich dem des Todes über diesem Triumph vernünftiger Grundsätze, über diesem Sieg, der unter dem Schatten des Unheils errungen worden war.

Die letzte Spur seines früheren Geisteszustandes schwand, so wie die momentane und schwer faßliche Leuchtspur eines zerplatzenden Meteors auf der tiefen Schwärze des Himmels verschwindet; es war das schwache Aufflackern des schmerzlichen Gedankens, der auch schon verflogen war, sobald er gefaßt wurde, des Gedankens, daß nichts als ihre Gegenwart – nach allem – die Macht hatte, ihn zu sich selbst zurückzubringen. Er starrte sie an. Sie saß da, die Hände im Schoß, und blickte hinab; und er bemerkte, daß ihre Schuhe beschmutzt, ihre Rökke naß und bespritzt waren, als hätte eine blinde Furcht sie durch eine Morastwüste hierher zurückgetrieben. Er war ungehalten, erstaunt und entsetzt, jetzt aber in einer natürlichen, gesunden Weise; so daß er diese unvorteilhaften Empfindungen durch vorsichtige Selbstdisziplin zu zügeln vermochte. Das Licht im Zimmer hatte jetzt nicht mehr eine unnatürliche Helligkeit; es war ein gutes Licht, in dem er leicht den Ausdruck ihres Gesichtes beobachten konnte: Ein Ausdruck stumpfer Erschöpfung. Und das Schweigen, das sie umgab, war das normale Schweigen jedes ruhigen Hauses, das kaum durch die schwachen Geräusche eines angesehenen Quartiers der Stadt gestört wird. Er war sehr kühl – und es war in aller Kühle, daß er daran dachte, wie viel besser es wäre, wenn keiner von ihnen je wieder den Mund auftäte. Sie saß mit geschlossenen Lippen da, mit einem Ausdruck der Lässigkeit in der steinernen Selbstvergessenheit ihrer Haltung, aber nach einem Augenblick hob sie die niedergeschlagenen Lider und begegnete seinen gespannten, fragend starrenden Augen mit einem Blick, der die ganze formlose Beredtheit eines Schreies hatte. Er drang ein, er regte auf, ohne zu unterrichten; er war geradezu das Wesen der Qual, die aller Worte entblößt ist, über die man lächeln, die wegdiskutiert, niedergeschrien oder verschmäht werden kann. Es war nackte und schamlose Qual, die unverhohlene Pein des Daseins, die auf die Welt in der fließenden Offenheit eines Blickes losgelassen wurde, der die Unendlichkeit der Erschöpfung, die verachtungsvolle Aufrichtigkeit, die schwarze Unverschämtheit eines abgerungenen Geständnisses enthielt. Alvan Hervey wurde von Staunen ergriffen, als hätte er etwas Unfaßliches gesehen; und ein dunkler Teil seines Wesens wäre bereit gewesen, mit ihm auszurufen: »Ich hätte es nie für möglich gehalten!«, aber ein sofortiger Umschwung verletzter Empfindlichkeit unterbrach den unfertigen Gedanken.

Er fühlte einen erbitterten Unwillen gegen diese Frau, die ihn so ansehen konnte. Dieser Blick sondierte ihn, unterhandelte mit ihm. Er wurde einem gefährlich, wie ein Wort des Unglaubens, das von einem Priester bei erhabenem Tempelamt geflüstert wird; und zur gleichen Zeit war dieser Blick unrein und verwirrend, wie eine zynische Tröstung, die einem im Dunkel zugeraunt wird – eine Tröstung, die den Schmerz verfälscht, den Gedanken zerfrißt, das Herz

vergiftet. Er wollte sie aufgebracht fragen: »Für wen hältst du mich eigentlich?« Er fühlte sich hilflos vor dem verborgenen Sinn dieses Blikkes; er empörte sich mit schmerzlicher und sinnloser Wut dagegen wie gegen ein Unrecht, das so verschwiegen ist, daß es nie wieder gutgemacht werden kann. Er hatte den Wunsch, sie mit einem einzigen Satz zu zerschmettern. Er war makellos. Die herrschende Meinung war auf seiner Seite; Sitte, Menschen und Götter waren auf seiner Seite; Gesetz, Gewissen – die ganze Welt! Ihr blieb nichts als dieser Blick. Und er konnte nur sagen: »Wie lange beabsichtigst du hierzubleiben?«
Ihr Blick wankte nicht, ihre Lippen blieben verschlossen; und was die Wirkung seiner Worte anging, so hätte er ebensogut zu einer toten Frau sprechen können, nur daß diese hier rasch atmete. Er war tief enttäuscht über das, was er gesagt hatte. Es war ein großer Betrug, etwas, das einem Verrat gleichkam. Er hatte sich betrogen. Es hätte ganz anders ausfallen sollen – andere Worte – eine andere Empfindung. Und vor seinen Augen, die so starr waren, daß sie zuweilen nichts mehr sahen, saß sie offensichtlich so unbefangen, als wäre sie allein gewesen, und sandte ihm diesen Blick unverschämten

Geständnisses zu – mit einer Miene, als sehe sie in den leeren Raum.

Er sagte bedeutsam: »Soll also ich gehen?« Und er wußte, daß er nichts von dem meinte, was er angedeutet hatte.

Ihre eine Hand bewegte sich leicht auf ihrem Schoß, als ob die Worte dorthin gefallen wären und sie sie auf den Boden gefegt hätte. Aber ihr Schweigen ermutigte ihn. Vielleicht bedeutete es Reue – vielleicht Furcht. War sie von seinem Verhalten wie vom Donner gerührt? ... Ihre Augenlider senkten sich. Er schien sehr viel zu verstehen – alles! Gut – aber sie sollte leiden. Es war sein Recht. Er verstand alles, doch hielt er es für unerläßlich, mit offenkundig gespielter Höflichkeit zu sagen: »Ich verstehe nicht – sei so gut und ...«

Sie stand auf. Einen Augenblick lang glaubte er, sie beabsichtigte fortzugehen, und es war, als hätte jemand an einem um sein Herz gelegten Strick gezogen. Es schmerzte. Er stand mit offenem Mund da und schwieg. Aber sie machte einen unentschlossenen Schritt auf ihn zu, und instinktiv trat er zur Seite. Sie standen voreinander, und die Fetzen des zerrissenen Briefs lagen zwischen ihnen – zu ihren Füßen – wie ein unüberwindliches Hindernis, wie ein Zeichen ewiger Trennung! Um sie her standen drei andere Paare, schweigend, Auge in Auge, als warteten sie auf ein Zeichen, um mit einem Auftritt zu beginnen – einem Kampf, einem Disput, oder einem Tanz.

Sie sagte: »Nicht – Alvan!«, und in dem Schmerz ihrer Stimme schwang etwas mit, das einer Warnung gleichkam. Er kniff seine Augen zusammen, als versuche er, sie mit einem Blick zu durchbohren. Ihre Stimme rührte ihn. Er hatte den Wunsch, großmütig, edelmütig, überlegen zu sein, der jedoch durch einen Blitz der Entrüstung und Begierde unterbrochen wurde – schreckliche Begierde zu wissen, wie weit sie gegangen war. Sie blickte auf das zerrissene Papier hinab. Dann sah sie auf, und ihre Augen begegneten einander abermals, blieben fest aneinandergekettet – wie durch ein unzerreißbares Band, wie durch eine Klammer ewiger Mitschuld miteinander verbunden; dann wurde die sittsame Stille, die durchdringende Ruhe des Hauses, die diese Begegnung ihrer Blicke umhüllte, für einen Augenblick unaussprechlich gemein, denn er fürchtete, sie würde zu viel sagen und seine Großmut unmöglich machen, während hinter der abgründigen Traurigkeit ihres Gesichtes ein Bedauern lag – ein Bedauern über Getanes – das Bedauern über die Verzögerung – die Einsicht, daß, wäre sie nur eine Woche früher umgekehrt – einen Tag – nur eine Stunde früher ... Sie fürchteten sich, den Klang ihrer Stimmen zu hören; sie wußten nicht, was sie sagen würden – vielleicht etwas, das unwiderrufbar war; und Worte sind fürchterlicher als Tatsachen. Aber das ränkevolle Verhängnis, das in verborgenen Impulsen lauert, sprach plötzlich durch Alvan Herveys Lippen; und er horchte auf seine eigene Stimme mit der aufgeregten und skeptischen Neugierde, mit der man der Stimme eines Schauspielers lauscht, der unter der Spannung eines entscheidenden Moments auf der Bühne spricht.

»Wenn du etwas vergessen hast ... natürlich ... ich ...«

Ihre Augen funkelten ihn einen Moment lang an; ihre Lippen zitterten – und dann wurde sie ebenfalls zum Sprachrohr der geheimnisvollen Macht, die ewig über uns schwebt; jener eigensinnigen Inspiration, die launisch und zügellos wie ein Windstoß dahinzieht.

»Wozu das alles, Alvan? ... Du weißt, warum ich zurückkam ... Du weißt, daß ich nicht ...«

Er unterbrach sie gereizt.

»So! Und was ist das?« fragte er und deutete auf den zerrissenen Brief.

»Das ist ein Versehen«, sagte sie hastig mit gedämpfter Stimme.

Diese Antwort überraschte ihn. Er war sprachlos und starrte sie an. Er war versucht, in ein Lachen auszubrechen. Es wurde ein Lächeln, das so unfreiwillig war wie eine Schmerzensgrimasse.

»Ein Versehen ...«, begann er langsam und war unfähig, ein weiteres Wort hervorzubringen.

»Ja ... es war aufrichtig«, sagte sie sehr leise, als spreche sie zu der Erinnerung eines Gefühls in ferner Vergangenheit.

Ihm riß die Geduld.

»Zum Henker mit deiner Aufrichtigkeit! ... Ist in alledem Aufrichtigkeit? ... Wann fingst du an, aufrichtig zu sein? Warum bist du hier? Was bist zu jetzt? ... Noch immer aufrichtig? ...«

Er ging auf sie zu, rasend, wie blind; während dieser drei raschen Schritte verlor er die Berührung mit der gegenständlichen Welt und wurde unabsehbar durch eine Art leeres Universum gewirbelt, das aus nichts als Wut und Qual zusammengesetzt war, bis er plötzlich auf ihr Gesicht stieß – sehr dicht vor dem seinen. Er blieb stehen und schien sich plötzlich an etwas zu erinnern, was er vor langen Zeiten gehört hatte.

»Du weißt nicht, was du sagst«, brüllte er.

Sie zuckte nicht zusammen. Er gewahrte mit Furcht, daß alles um ihn her still war. Sie wich nicht um Haaresbreite zurück; sein Körper bewegte sich nicht. Eine unerschütterliche Ruhe umschloß ihre beiden reglosen Figuren, das Haus, die Stadt, die ganze Welt – und den belanglosen Sturm seiner Gefühle. Die Heftigkeit des kurzen Aufruhrs in ihm war derart gewesen, daß sie sehr wohl die ganze Schöpfung in Trümmer hätte legen können; und doch hatte sich nichts verändert. Er sah seine Frau in dem gewohnten Zimmer in seinem Haus. Es war nicht eingestürzt. Und rechts und links hatten die unzähligen Wohnungen, Schulter an Schulter, dem Ansturm seiner Leidenschaft standgehalten, hatten der Verlassenheit seines Ungemachs ungerührt das grimmige Schweigen der Mauern, die undurchdringliche und glatte Zurückhaltung der verriegelten Türen und gardinenverhangenen Fenster entgegengesetzt. Reglosigkeit und Schweigen drangen auf ihn ein, griffen ihn an, wie zwei Spießgesellen der unbeweglichen und schweigenden Frau, die da vor ihm stand. Er war plötzlich überwältigt. Er bekam seine Kraftlosigkeit vor Augen geführt. Er wurde von dem Hauch einer verderbten Entsagung besänftigt, die sich durch die verborgene Ironie des umgebenden Friedens bei ihm einstellte.

Er sagte mit schurkischer Gelassenheit: »Jedenfalls genügt es mir nicht. Ich möchte mehr wissen – wenn du zu bleiben gedenkst.«

»Mehr gibt es nicht zu sagen«, antwortete sie traurig.

Das erschien ihm so überaus wahr, daß er nichts darauf erwiderte.

Sie fuhr fort: »Du würdest nicht verstehen ...«

»Nein?« sagte er ruhig. Er hielt an sich, um nicht in Schreie und Verwünschungen auszubrechen.

»Ich versuchte treu zu sein ...«, fing sie wieder zu reden an.

»Und dies?« rief er und deutete auf die Fetzen des Briefs.

»Das – das ist ein Versagen«, antwortete sie.

»Das möchte ich meinen«, murmelte er bitter.

»Ich versuchte mir selber treu zu sein – Alvan – und ... und dir gegenüber aufrichtig ...«

»Wenn du versucht hättest, mir treu zu sein,

wäre das passender gewesen«, unterbrach er sie zornig. »Ich bin dir treu gewesen – und du hast mein Leben zugrunde gerichtet – unser beider Leben ...« Dann kam nach einer Pause die unüberwindliche Selbstbezogenheit seiner Gedanken zum Vorschein, und er erhob seine Stimme, um erbittert zu fragen: »Und sag, wie lange hast du mich zum Narren gehalten?«

Sie schien furchtbar erschüttert von dieser Frage. Er wartete nicht die Antwort ab, sondern fuhr fort, im Zimmer umher zu gehen; dann und wann kam er auf sie zu und wanderte ruhelos an ihr vorüber zum anderen Ende des Raumes.

»Ich möchte es wissen. Jeder weiß es, nehme ich an, außer mir – und das ist deine Aufrichtigkeit!«

»Ich habe dir schon gesagt, daß es nichts zu wissen gibt«, sagte sie und sprach unsicher wie unter Schmerzen. »Nichts Derartiges, wie du annimmst. Du verstehst mich nicht. Dieser Brief ist der Anfang – und das Ende.«

»Das Ende – die Sache hat kein Ende«, stieß er plötzlich ungestüm hervor. »Kannst du das nicht verstehen? Ich kann ... Der Anfang ...«

Er blieb stehen und blickte ihr mit höchster

Anspannung in die Augen – mit einem Drang zu sehen, zu durchschauen, zu verstehen, der ihm wahrhaftig den Atem benahm, bis er keuchte.

»Meiner Seel!« sagte er vollkommen still und in spähender Haltung, keinen halben Meter von ihr entfernt. »Meiner Seel!« wiederholte er langsam und mit einer Stimme, deren unfreiwillige Fremdheit ihm selber ein völliges Rätsel war. »Meiner Seel – ich könnte dir glauben – ich könnte alles glauben – jetzt!«

Er drehte sich kurz auf dem Absatz um und begann wieder, im Zimmer auf und ab zu gehen – mit einer Miene, als hätte er die abschließende Äußerung seines Lebens getan – als hätte er etwas gesagt, das er nicht mehr zurücknehmen würde, selbst wenn er es könnte. Sie blieb wie festgewurzelt auf dem Teppich stehen. Ihre Augen folgten den ruhelosen Bewegungen des Mannes, der es vermied, sie anzusehen. Ihr wilder, starrender Blick hing an ihm, fragend, verwirrt, zweifelnd. »Aber der Kerl hockte doch immer hier«, stieß er zerstreut hervor. »Er machte dir den Hof, nehme ich an – und, und…« Er senkte seine Stimme. »Und – du ließt ihn gewähren.«

»Und ich ließ ihn gewähren«, murmelte sie, seinen Tonfall aufnehmend, so daß ihre Stimme bewußtlos klang, entfernt und sklavisch wie ein Echo.

Er sagte zweimal mit Heftigkeit: »Du! Du!«, dann beruhigte er sich. »Was hast du nur an dem Kerl finden können?« fragte er mit ungespieltem Staunen. »Ein weibischer fetter Esel. Was konntest du ... Warst du nicht glücklich? Hattest du nicht alles, was du wolltest? Nun – offen heraus: enttäuschte ich deine Erwartungen in irgendeiner Hinsicht? Warst du enttäuscht von unserer Stellung – oder unseren Aussichten – vielleicht? Du konntest es nicht sein, wie du weißt – sie sind viel besser, als du hoffen durftest, da du mich heiratetest ...«

Er vergaß sich soweit, ein wenig mit den Händen zu gestikulieren, während er weitersprach.

»Was konntest du von solch einem Kerl erwarten? Er ist ein Außenseiter – ein offenkundiger Außenseiter ... Ohne mein Geld ... Hörst du? ... ohne mein Geld hätte er nicht gewußt, wohin er sich wenden sollte. Seine Leute wollen nichts mit ihm zu tun haben. Der Kerl hat keine Klasse – gar keine Klasse. Er ist nützlich, natürlich. Das ist der Grund, weshalb ich ... Ich dachte, du hättest Verstand genug, das einzusehen ... Und du ... Nein! Es ist unglaublich! Was hat er dir gesagt? Kümmert ihr euch gar nicht um anderer Leute Meinung – gibt es keinen hemmenden Einfluß auf euch – Frauen? Hast du je an mich gedacht? Ich versuchte, ein guter Ehemann zu sein. Habe ich versagt? Sag es mir – was habe ich getan?« Von seinen Gefühlen fortgerissen, nahm er den Kopf in beide Hände und wiederholte aufgebracht: »Was habe ich getan? ... Sag es mir! Was? ...«

»Nichts«, sagte sie.

»Ah! Siehst du ... du kannst nicht ...«, begann er triumphierend und schritt weiter; dann plötzlich, als wäre er durch etwas Unsichtbares, auf das er stieß, auf sich zurückgeworfen worden, drehte er sich herum und schrie mit Erbitterung: »Was um alles in der Welt hast du von mir erwartet?«

Ohne ein Wort zu sagen, schritt sie langsam auf den Tisch zu, setzte sich, lehnte sich auf ihren Ellenbogen und beschirmte mit ihrer Hand die Augen. Die ganze Zeit über starrte er sie aufmerksam an, als erwarte er jeden Augenblick, in ihren behutsamen Bewegungen eine Antwort auf seine Frage zu finden. Aber er konnte von ihnen nichts ablesen, er konnte keine Andeutung ihrer Gedanken finden. Er versuchte, in sich das Verlangen nach einem Aufschrei zu unterdrücken, und nachdem er eine Weile gewartet hatte, sagte er mit schneidender Verachtung. »Wäre dir recht, wenn ich idiotische Verse schriebe; dasäße und dich stundenlang ansähe – mit dir über deine Seele redete? Du hättest wissen sollen, daß ich nicht von solchem Schlag bin. Ich hatte Besseres zu tun. Aber wenn du glaubst, ich sei völlig blind gewesen …«

Jäh gewahrte er, daß er sich an eine unendliche Zahl von Begebenheiten erinnerte. Er besann sich auf eine Menge bestimmter Vorfälle, bei denen er sie überrascht hatte; er erinnerte sich an eine absurd abgebrochene Bewegung seiner fetten weißen Hand, an den hingerissenen Ausdruck ihres Gesichts, erinnerte sich an das Funkeln ungläubiger Augen; Bruchstücke unverständlicher Unterhaltungen, denen zuzuhören sich nicht lohnte, Pausen, die ihm damals nichts bedeutet hatten und jetzt erhellend zu sein schienen wie ein Schwall Sonnenlicht. Er erinnerte sich an all das. Er war nicht blind gewesen. O nein! Und das zu wissen, war eine außerordentliche Erleichterung: es gab ihm seine ganze Seelenfassung wieder.

»Ich hielt es für unter meiner Würde, Argwohn gegen dich zu hegen«, sagte er hochmütig.

Der Klang dieses Satzes besaß offenkundig eine magische Kraft, denn sobald er ihn ausgesprochen hatte, fühlte er sich wunderbar beruhigt und erlebte gleich darauf das Aufblitzen eines fröhlichen Staunens über die Entdeckung, daß er zu solch edlen und wahren Äußerungen begeistert werden konnte. Er beobachtete die Wirkung seiner Worte. Sie ließen sie rasch über ihre Schulter hinweg zu ihm aufblicken. Er warf einen flüchtigen Blick auf nasse Augenwimpern, eine rote Wange, über welche hurtig Tränen flossen; und dann wandte sie sich wieder ab und saß wie zuvor da, das Gesicht in den Händen vergraben.

»Du solltest vollkommen offen gegen mich sein«, sagte er langsam.

»Du weißt alles«, antwortete sie undeutlich zwischen ihren Fingern hindurch.

»Dieser Brief... Ja... aber...«

»Und ich kam zurück«, stieß sie mit erstickter Stimme hervor; »du weißt alles.«

»Das freut mich – deinetwegen«, sagte er mit eindrucksvollem Ernst. Er hörte sich mit feierlichen Empfindungen zu. Ihm schien, als gehe etwas unaussprechlich Bedeutsames im Zimmer vor, als habe jedes Wort und jede Gebärde die Wichtigkeit von Ereignissen, die vom Anfang aller Dinge an vorherbestimmt waren und die in ihrer Endgültigkeit den ganzen Zweck der Schöpfung zusammenfaßten.

»Deinetwegen«, wiederholte er.

Ihre Schultern zuckten, als weine sie, und er verlor sich in der Betrachtung ihres Haars. Plötzlich raffte er sich auf, als wäre er erwacht, und fragte sehr sanft und nicht lauter als im Flüsterton: »Hast du dich oft mit ihm getroffen?«

»Nie!« schluchzte sie in ihre Handflächen.

Diese Antwort schien ihm einen Augenblick die Sprache zu verschlagen. Seine Lippen bewegten sich, ohne daß ein Laut hervorkam.

»Ihr zogt es vor, einander hier zu lieben – unmittelbar unter meinen Augen«, sagte er wütend. Er beruhigte sich sogleich und fühlte sich schmerzlich unbehaglich, als hätte er sich durch diesen Ausbruch in ihren Augen herabgesetzt. Sie stand auf und wandte sich ihm, die Hände auf der Lehne des Stuhls, mit nun vollkommen trockenen Augen zu. Auf jeder Wange war ein roter Fleck.

»Als ich mich entschloß, zu ihm zu gehen – schrieb ich«, sagte sie.

»Aber du gingst nicht zu ihm«, sagte er und nahm ihren Ton auf. »Wie weit gingst du? Was ließ dich umkehren?«

»Ich wußte es selber nicht«, murmelte sie. Nichts an ihr bewegte sich außer ihren Lippen. Er sah sie streng an.

»Erwartete er diesen Schritt? Wartete er auf dich?« fragte er.

Sie antwortete ihm durch ein fast unwahrnehmbares Nicken, und er betrachtete sie noch eine gute Weile, ohne einen Laut von sich zu geben.

Dann fragte er rasch: »Und ich vermute, er wartet noch?«

Abermals schien sie zu nicken. Aus irgendeinem Grund meinte er, er müsse wissen, wie spät es sei. Er blickte düster auf die Uhr. Halb acht.

»Er wartet also?« murmelte er und steckte die Uhr in die Tasche. Er sah sie an und brach, wie in einer Anwandlung grimmen Humors, in ein kurzes, rauhes Lachen aus, das er sogleich unterdrückte.

»Nein, es ist schon unerhört...«, murmelte er, während sie vor ihm stand und sich auf die Unterlippe biß, als wäre sie tief in Gedanken verloren. Er ließ noch einmal ein leises Lachen hören, das gehässig wie eine Verwünschung klang. Er wußte nicht, warum er einen solchen überwältigenden und plötzlichen Ekel vor den Tatsachen des Daseins empfand – vor den Tatsachen im allgemeinen – solch einen ungeheuren Widerwillen bei dem Gedanken an all die vielen Tage, die schon durchlebt waren. Er war erschöpft. Denken schien eine Arbeit zu sein, die über seine Kräfte ging. Er sagte: »Du hast mich getäuscht – jetzt machst du aus ihm einen Narren ... Es ist fürchterlich! Warum nur?«

»Ich habe mich getäuscht!« rief sie.

»Ach, Unsinn!« sagte er ungeduldig.

»Ich bin bereit zu gehen, wenn du es wünschst«, fuhr sie rasch fort. »Du hattest ein Recht darauf – unterrichtet zu werden – Bescheid zu wissen. Nein! Ich konnte nicht!« rief sie und rang heimlich die Hände.

»Ich bin froh, daß du bereutest, ehe es zu spät war«, sagte er dumpf und blickte auf seine Füße. »Ich bin froh ... ein Funke besseren Gefühls«, murmelte er, als spräche er mit sich selbst. Nach einem Augenblick brütenden Schweigens hob er den Kopf.

»Freut mich zu sehen, daß noch ein wenig Anstandsgefühl in dir zurückgeblieben ist«, fügte er etwas lauter hinzu. Er sah sie an und schien zu zögern, als erwäge er die möglichen Folgen dessen, was er zu sagen gedachte, und schließlich platzte er heraus: »Nach allem liebte ich dich ...«

»Das wußte ich nicht«, flüsterte sie.
»Gütiger Gott!« rief er. »Warum hätte ich dich deiner Auffassung nach sonst wohl geheiratet?«
Die Taktlosigkeit seiner Beschränktheit ärgerte sie. »Ah – warum wohl?« sagte sie zwischen den Zähnen hindurch.
Grauen schien ihn anzukommen, und er starrte gespannt auf ihre Lippen, als fürchte er sich.
»Ich stellte mir viele Dinge vor«, sagte sie langsam und verstummte. Er beobachtete sie und hielt den Atem an. Schließlich fuhr sie versonnen fort, als denke sie laut: »Ich versuchte es zu verstehen. Ich versuchte aufrichtig ... Warum wohl? ... Um das übliche zu tun – vermutlich ... Um dir selbst einen Gefallen zu tun.«
Er entfernte sich mit energischen Schritten von ihr, und als er zurückkam, sich vor sie hinstellte, hatte er ein gerötetes Gesicht.
»Auch du schienst deinen Gefallen zu haben – damals«, zischte er mit ätzender Wut hervor. »Ich muß nicht erst fragen, ob du mich liebtest.«
»Ich weiß jetzt, daß ich zu etwas Derartigem vollkommen unfähig war«, sagte sie ruhig. »Wenn ich dazu fähig gewesen wäre, hättest du mich vielleicht nicht geheiratet.«

»Es ist sonnenklar, daß ich es nie getan hätte, wenn ich dich gekannt hätte – wie ich dich jetzt kenne.«

Er sah noch, wie er sich ihr erklärt hatte – es war eine Ewigkeit her. Sie schlenderten einen Rasenabhang hinauf. Menschengruppen waren im Sonnenschein verstreut. Der Schatten belaubter Zweige lag still auf dem geschorenen Gras. Die bunten Sonnenschirme, die in der Ferne zwischen den Bäumen vorüberzogen, ähnelten behutsamen und strahlenden Schmetterlingen, die ohne Geflatter dahinsegelten. Herren standen freundlich lächelnd oder sehr ernst unter dem makellosen Schutz ihrer schwarzen Röcke neben Damen, die sich in hellen Sommertoiletten tummelten und einem all die Fabelgeschichten verwunschener Gärten, in denen beseelte Blumen verzauberten Rittern zulächeln, ins Gedächtnis zurückriefen. Eine prunkende Heiterkeit lag über allem, eine dünne, bebende Erregung, die vollkommene Sicherheit – der Sicherheit einer unüberwindlichen Unwissenheit gleich –, die in ihm einen übersinnlichen Glauben an das Glück als dem Los des Menschengeschlechts weckte, zusammen mit dem unbekümmert pittoresken Verlangen, aus dieser – durch keinen Schatten eines Gedan-

kens getrübten Pracht – sogleich etwas für sich allein herauszuschlagen. Das Mädchen schritt an seiner Seite über eine offene Fläche dahin; niemand war in der Nähe, und plötzlich blieb er wie begeistert stehen und redete. Er erinnerte sich noch, wie er in ihre reinen Augen gesehen, in ihr offenes Antlitz; er erinnerte sich noch, wie er sich schnell umgeblickt, um festzustellen, ob sie beobachtet würden, und wie er gedacht hatte, daß nichts fehlgehen könne in einer Welt von solchem Zauber, solcher Reinheit, solcher Vornehmheit. Er war stolz auf diese Welt. Er war einer ihrer Erschaffer, ihrer Eigentümer, ihrer Wächter, ihrer Lobpreiser. Er wollte diese Welt festhalten, so viel Befriedigung daraus ziehen, wie er nur irgend konnte; und angesichts ihrer unvergleichlichen Qualität, ihrer ungetrübten Atmosphäre, ihrer Nähe zum Himmel der eigenen Wahl erschien ihm dieser Sturm brutaler Begierde als das edelste Trachten. Eine Sekunde lang durchlebte er noch einmal alle diese Momente, und dann stellte sich ihm das ganze Pathos seines Ruins in so grellem Licht dar, daß ein Anflug von Tränen in seiner Stimme mitschwang, als er fast gedankenlos sagte: »Mein Gott! Ich liebte dich!«
Sie schien gerührt von der Ergriffenheit in sei-

ner Stimme. Ihre Lippen zitterten ein wenig, und sie machte einen zaghaften Schritt auf ihn zu, streckte ihre Hände in einer flehenden Gebärde nach ihm aus, als sie – gerade noch rechtzeitig – gewahrte, daß er, gefesselt von der Tragödie seines Lebens, ihr Dasein völlig vergessen hatte. Sie blieb stehen, und ihre ausgestreckten Arme sanken langsam herab. Er, dessen Gesichtszüge von der Bitterkeit seiner Gedanken verzerrt waren, sah weder ihre Rührung noch ihre Gebärde. Er stampfte wild auf vor Verdruß, fuhr sich über den Kopf – brach dann los.

»Was, zum Teufel, soll ich jetzt anfangen?«

Er verstummte wieder. Sie schien ihn verstanden zu haben und ging entschlossen zur Tür.

»Sehr einfach – ich gehe«, sagte sie laut.

Bei dem Klang ihrer Stimme fuhr er überrascht auf, sah sie wild an und fragte in schneidendem Ton: »Du ... Wohin? Zu ihm?«

»Nein – allein – leb wohl.«

Der Türgriff ratterte unter ihrer tastenden Hand – gleichsam als hätte sie versucht, aus einem finsteren Ort herauszukommen.

»Nein – bleib!« schrie er.

Sie hörte ihn von ferne. Er sah, wie ihre Schulter den Türrahmen berührte. Sie schwankte wie benommen. Es folgte eine kurze Sekunde der

Spannung, während der sie sich über dem Rand moralischer Vernichtung balancieren sahen, bereit, in ein allesverschlingendes Nichts abzustürzen. Dann schrie er fast unmittelbar: »Komm zurück!«, und sie ließ den Türgriff los. Sie drehte sich in ruhevoller Hoffnungslosigkeit herum, wie jemand, der mit Bedacht die letzte Lebensaussicht von sich wirft; und einen Augenblick lang erschien ihr das Zimmer, das vor ihr lag, entsetzlich und dunkel und sicher – wie ein Grab.

Er sagte sehr rauh und brüsk: »So kann es nicht enden ... Setz dich«; und während sie abermals durch das Zimmer auf den Sessel mit der niedrigen Lehne vor dem Frisiertisch zuschritt, öffnete er die Tür und streckte den Kopf hinaus, um zu horchen. Das Haus war still. Er kam beruhigt zurück und fragte: »Redest du die Wahrheit?«

Sie nickte.

»Doch du hast in einer Lüge gelebt«, sagte er argwöhnisch.

»Ah! Du machtest es mir so leicht«, antwortete sie.

»Du machst mir Vorwürfe – mir!«

»Wie könnte ich?« sagte sie. »Ich möchte dich nicht anders – jetzt.«

»Was meinst du mit ...«, begann er, unterbrach sich dann und fuhr, ohne eine Antwort abzuwarten, fort: »Ich will keine Fragen stellen. Ist dieser Brief das Schlimmste?«

Sie machte eine fahrige Bewegung mit den Händen.

»Ich muß eine klare Antwort haben«, sagte er hitzig.

»Dann also, nein! Das Schlimmste ist meine Umkehr.«

Es folgte ein totenähnliches Schweigen, während welchem sie einander forschende Blicke zusandten.

Er sagte gebieterisch: »Du weißt nicht, was du sagst. Dein Geist ist aus den Fugen. Du bist außer dir, sonst würdest du nicht solche Dinge sagen. Du kannst dich nicht beherrschen. Selbst in deiner Reue ...« Er unterbrach sich einen Moment und sagte dann mit Professorenmiene: »Selbstbeherrschung ist alles im Leben, wie du weißt. Sie bedeutet Glück, Würde ... Sie ist alles.«

Sie zupfte nervös an ihrem Taschentuch, während er sie aufmerksam betrachtete, um die Wirkung seiner Worte zu sehen. Es ereignete sich nichts Befriedigendes. Nur bedeckte sie, als er wieder zu reden anhob, mit beiden Händen ihr Gesicht.

»Du siehst, wohin der Mangel an Selbstbeherrschung führt. Schmerz – Demütigung – Verlust an Ansehen, an Freunden, an allem, was das Leben adelt, was ... Schrecken aller Art«, schloß er plötzlich.
Sie rührte sich nicht. Er sah sie eine Weile sinnend an, als fasse er die schwermütigen Gedanken zusammen, die durch den Anblick dieser erniedrigten Frau in ihm wachgerufen worden waren. Seine Augen wurden starr und stumpf. Er war zutiefst durchdrungen von der Feierlichkeit das Augenblicks; er spürte die Größe des Ereignisses. Und mehr denn je schienen ihm die Mauern seines Hauses die Heiligkeit von Idealen zu umschließen, denen ein erhabenes Opfer zu bringen er im Begriff war. Er war der Hohepriester des Tempels, der strenge Wächter über Formeln, Riten, über das strikte Zeremoniell, das die schwarzen Zweifel des Lebens verhüllte. Und er stand nicht allein. Auch andere Menschen, die Besten, hielten Wache an den heimischen Herden, die die Altäre dieses ersprießlichen Glaubens waren. Er verstand verschwommen, daß er Teil einer gewaltigen und mildtätigen Macht war, die für jede Diskretion ihre Belohnung bereithielt. Er wohnte innerhalb der unbesiegbaren Weisheit des Schwei-

gens; er wurde von einem unverwüstlichen Glauben behütet, der ewig währen, der unerschütterlich allen Angriffen wiederstehen würde – den lauten Verwünschungen der Abtrünnigen wie der geheimen Ermattung der Bekenner! Er war im Bunde mit einem Universum zahlloser Vorteile. Er repräsentierte die moralische Stärke schöner Zurückhaltung, die alle bedauerlichen Grobheiten des Lebens wunderbar besiegte – Furcht, Unheil, Sünde –, selbst den Tod. Ihm kam es vor, als sei er im Begriff, triumphierend alle eingebildeten Rätsel des Daseins fortzufegen. Nichts war einfacher.

»Ich hoffe, du siehst jetzt die Torheit – die absolute Torheit der Verruchtheit«, begann er dumpf und feierlich. »Du mußt die Bedingungen deines Lebens respektieren, oder du büßt alles ein, was es zu geben hat. Alles und jegliches!«

Er machte eine einzige Bewegung mit dem Arm, und drei genaue Kopien seines Gesichtes, seiner Kleider, seiner stumpfsinnigen Strenge, seines feierlichen Kummers wiederholten die große Geste, die in ihrem weit ausholenden Schwung eine Unendlichkeit moralischer Süße andeutete und die Mauern, die Tapeten, das ganze Haus einschloß, die Häuser draußen, all die dürftigen und unerforschlichen Grüfte des Lebens, mit ihren Türen, die numeriert waren wie Türen von Gefängniszellen und so undurchdringlich wie der Granit der Grabsteine.

»Ja! Beherrschung, Pflicht, Treue – unerschütterliche Treue zu dem, was von dir erwartet wird. Das – nur das – sichert dir den Lohn, den Frieden. Alles andere sollten wir zu unterdrücken bemüht sein – zu zerstören. Es ist ein Unglück; eine Krankheit. Es ist schrecklich – schrecklich. Wir dürfen nichts darüber wissen – wir brauchen nichts darüber zu wissen. Es ist unsere Pflicht gegen uns selbst – gegen andere. Du lebst nicht allein auf der Welt – und wenn du keine Achtung vor der Würde des Lebens hast, andere haben sie. Das Leben ist eine ernste Sache. Wenn du nicht den höchsten Maßstäben genügst, bist du niemand – ist es wie eine Art Tod. Ist dir das noch nie zu Bewußtsein gekommen? Du brauchst dich nur umzublicken, und du wirst die Wahrheit dessen einsehen, was ich sage. Hast du denn dahingelebt, ohne das geringste wahrzunehmen, ohne das geringste zu verstehen? Von Kindheit an hattest du Beispiele vor dir – du konntest täglich die Schönheit, die Wohltat der Moral, der Grundsätze sehen ...«

Seine Stimme hob und senkte sich pathetisch in sonderbarem Singsang. Seine Augen waren starr, sein Blick war begeistert und düster; seine Gesichtszüge waren ruhig, waren hart, triumphierten ausdruckslos über die grimmige Inspiration, die ihn im geheimen erfaßt hatte, in ihm brodelte, ihn in einer verstohlenen Glaubenswallung emporhob. Dann und wann streckte er seinen rechten Arm über ihr Haupt aus; und er sprach auf die Sünderin aus seiner Höhe herab – im Vollgefühl rächender Tugend, in einer tiefen und reinen Freude, gleichsam als könnte er von seinem steil aufragenden Gipfel aus sehen, wie jedes gewichtige Wort von ihm traf und verletzte, gleich einem strafenden Stein.

»Starre Grundsätze – das Festhalten an dem, was recht ist«, schloß er nach einer Pause.

»Was ist recht?« sagte sie klar, ohne ihr Gesicht zu enthüllen.

»Dein Geist ist angekränkelt!« rief er aufrecht und streng. »Solch eine Frage ist Unsinn – absoluter Unsinn. Sieh dich um – da hast du deine Antwort, wenn du dir nur die Mühe machst hinzusehen. Nichts, was den überkommenen Glaubenssätzen Gewalt antut, kann recht sein. Dein Gewissen sagt dir das. Sie sind die überkommenen Glaubenssätze, weil sie die besten, die edelsten, die einzig möglichen sind. Sie überleben …«

Er konnte nicht umhin, mit Freuden die philosophische Breite seiner Ansicht festzustellen, aber er vermochte nicht innezuhalten, um sie zu genießen, denn seine Begeisterung, der Ruf erhabener Wahrheit trug ihn weiter.

»Du mußt die sittlichen Grundlagen einer Gesellschaft achten, die aus dir das gemacht hat, was du bist. Sei ihr treu. Das ist Pflicht – das ist Ehre – das ist Rechtschaffenheit.«

Er fühlte, wie es in ihm glühte, als hätte er etwas Heißes geschluckt. Er trat einen Schritt näher an sie heran. Sie setzte sich auf und blickte ihn mit einer inbrünstigen Erwartung an, die sein Gefühl von der großen Wichtigkeit dieses Augenblicks nur noch steigerte. Und als hätte er sich ganz vergessen, erhob er seine Stimme zu großer Lautstärke.

»›Was ist recht?‹ fragst du mich. Denk doch nur mal nach. Was wäre aus dir geworden, wenn du mit diesem teuflischen Landstreicher davongegangen wärst? … Was wäre aus dir geworden? … Aus dir! Meiner Frau! …«

Er erblickte sich in dem langen Spiegel in voller Größe und mit einem Gesicht, so weiß, daß seine Augen aus dieser Entfernung den schwarzen Höhlen in einem Totenschädel ähnelten. Er machte den Eindruck, als sei er, die Arme über ihren gebeugten Kopf erhoben, im Begriff, Verwünschungen auszustoßen. Er schämte sich dieser unziemlichen Haltung und schob schnell seine Hände in die Taschen.

Sie murmelte leise, wie zu sich selbst: »Ah! Was bin ich jetzt?«

»Wie die Dinge liegen, bist du noch immer Mrs. Alvan Hervey – ein nicht alltägliches Glück für dich, laß dir das gesagt sein«, erwiderte er in unbeschwertem Ton. Er schritt bis zum entferntesten Winkel des Zimmers, und, sich umdrehend, sah er sie sehr aufrecht dasitzen, die Hände im Schoß gefaltet und mit einem verlorenen, standhaften Blick in den Augen, die ohne Lidschlag, wie die Augen der Blinden, in die grelle, still zwischen den Kiefern des Bronzedrachens brennende Gasflamme starrten.

Er trat sehr dicht vor sie hin, blieb, die Beine ein wenig gespreizt, vor ihr stehen und blickte eine Weile auf ihr Gesicht herab, ohne die Hände aus den Taschen zu nehmen. Er schien einen Haufen Worte in seinem Kopf zu überschlagen, seine nächste Rede aus einer überwältigenden Fülle von Gedanken zusammenzusetzen.

»Du hast meine Geduld bis zum äußersten auf die Probe gestellt«, sagte er schließlich; und sobald er diese Worte ausgesprochen hatte, verlor er seinen moralischen Boden unter den Füßen und fühlte, wie er von seinem Gipfel durch eine Woge leidenschaftlicher Empörung gegen dieses stümpernde Wesen herabgefegt wurde, dem es fast gelungen war, sein Leben zugrunde zu richten. »Ja, ich bin härter geprüft worden, als ein Mensch geprüft werden sollte«, fuhr er mit rechtschaffener Bitterkeit fort. »Es war nicht recht. Was hat dich nur dazu verleitet? ... Was hat dich verleitet? ... Solch einen Brief zu schreiben ... Nach fünf Jahren vollkommenen Glücks! Wahrhaftig, kein Mensch würde es für möglich halten ... Fühltest du denn nicht, daß du es nicht über dich bringen konntest? Weil du nicht ... es war unmöglich – wie du weißt. Oder nicht? Wie? Oder nicht?«

»Es war unmöglich«, flüsterte sie gehorsam.

Diese unterwürfige Zustimmung, die so bereitwillig gegeben wurde, besänftigte ihn nicht, stimmte ihn nicht froh; sie flößte ihm unbegreiflicherweise jenes Gefühl des Schreckens ein, das wir erfahren, wenn wir unter Lebensbedingungen, die wir als absolut sicher zu erachten gelernt haben, plötzlich einer drohenden und unvermuteten Gefahr ansichtig werden. Natürlich war es unmöglich! Sie wußte das. Sie bekannte es. Es war unmöglich! Auch dieser

Mann wußte es – so gut wie jeder andere; konnte nicht umhin, es zu wissen. Und doch hatten sich diese beiden in eine Verschwörung gegen ihn eingelassen – in eine verbrecherische Unternehmung, für die es in ihnen keinen Glaubensrückhalt geben konnte. Es konnte keinen geben! Es konnte keinen geben! Und doch: wie nahe waren sie dem ... In einem kurzen Schauder sah er sich als eine verlorene Figur in einem Reich unbeherrschbarer und ungezügelter Narrheit. Nichts ließ sich vorhersehen, voraussagen – gegen nichts ließ sich auf der Hut sein. Und die Vorstellung war unerträglich, hatte etwas von dem lähmenden Entsetzen, das man sich als Folge des restlosen Erlöschens aller Hoffnung ausmalen kann. In dem Blitzstrahl dieses Gedankens schien sich die entehrende Episode von allen wirklichen, allen irdischen Bedingungen – ja, auch von irdischem Leid – zu lösen; sie wurde rein zu einem erschreckenden Wissen, einem vernichtenden Wissen von einer blinden und höllischen Macht. Etwas Verzweifeltes und Vages, die Regung eines unsinnigen Verlangens, sich vor diesem rätselvollen Impuls des Bösen zu demütigen, ging ihm durch den Sinn; und dann kam ihm der Gedanke, der Glaube, die Gewißheit, daß das Böse vergessen werden mußte – entschlossen ignoriert werden mußte, um das Leben möglich zu machen; daß das Wissen dem Geist ferngehalten werden mußte, außerhalb des Gesichtsfeldes, wie das Wissen um den sicheren Tod von dem täglichen Dasein der Menschen ferngehalten wird. Er straffte sich innerlich für diese Anstrengung, und im nächsten Augenblick erschien alles sehr leicht, erstaunlich einfach ausführbar – wenn man sich bloß streng an die Tatsachen hielt, seinen Sinn auf ihre Verworrenheit und nicht auf ihre Bedeutung richtete. Sich des langen Schweigens bewußt werdend, räusperte er sich vorbereitend und sagte mit ruhiger Stimme: »Ich bin froh, daß du so empfindest ... außerordentlich froh ... du empfandest gerade noch rechtzeitig so. Denn siehst du nicht ...« Unvermittelt zauderte er.

»Ja ... ich sehe«, murmelte sie.

»Natürlich siehst du es«, sagte er, den Blick auf den Teppich geheftet und so sprechend, als denke er an etwas anderes. Er hob den Kopf. »Ich kann nicht glauben – selbst nach dem allem – selbst nach dem allem – daß du völlig – völlig ... anders bist, als ich dachte. Es scheint unmöglich – mir unmöglich.«

»Und auch mir«, hauchte sie.

»Nun – gut«, sagte er, »aber heute morgen? Und morgen? . . . Dies ist es, was . . .«
Er erschrak über die Richtung, die seine Worte nahmen, und brach sogleich ab. Jeder Gedankenstrom schien in das hoffnungslose Reich unbeherrschbarer Narrheit zu münden, an das Wissen um Mächte und deren Schrecken zu gemahnen, die ignoriert werden mußten. Er sagte hastig: »Meine Lage ist sehr schmerzlich – schwierig . . . Ich fühlte . . .«
Er blickte sie mit schmerzlicher Miene starr an, als werde er von einer plötzlichen Unfähigkeit, seinen aufgestauten Gedanken Ausdruck zu verleihen, schrecklich niedergedrückt.
»Ich bin bereit zu gehen«, sagte sie sehr leise. »Ich habe alles verwirkt . . . um zu lernen . . . zu lernen . . .« Das Kinn sank ihr auf die Brust; ihre Stimme erstarb in einem Seufzer.
Er machte die Andeutung einer Gebärde ungeduldiger Zustimmung.
»Ja! Ja! Alles sehr schön . . . natürlich. Verwirkt – ah! Moralisch verwirkt – nur moralisch verwirkt . . . wenn ich dir glauben soll . . .«
Sie überraschte ihn, indem sie aufsprang.
«Oh! Ich glaube dir, ich glaube dir«, sagte er hastig, und sie setzte sich so plötzlich wieder, wie sie aufgestanden war. Er fuhr düster fort:

»Ich habe gelitten – ich leide jetzt. Du kannst dir gar nicht vorstellen, wie sehr. So sehr, daß ich, wenn du von Trennung sprichst, fast denke... Aber nein. Da ist die Pflicht. Du hast sie freilich vergessen; ich nie. Der Himmel ist mein Zeuge, ich tat das nie. Aber in einer so entsetzlichen Bloßstellung wie dieser wird das Urteil der Menschheit irre – zumindest eine Zeitlang. Siehst du, du und ich – so fühle ich wenigstens – du und ich, wir sind eins vor der Welt. Es soll so sein. Die Welt hat recht – im ganzen – sonst könnte sie nicht sein – nicht sein – was sie ist. Und wir sind ein Teil von ihr. Wir haben unsere Pflicht gegen – gegen unsere Mitmenschen, die nicht wollen, daß... daß... ja.«

Er stammelte. Sie sah mit aufgerissenen Augen zu ihm auf, und ihre Lippen waren leicht geöffnet.

Er fuhr fort zu murmeln: »... Schmerz... Unwillen... Wird bestimmt mißverstanden. Ich habe genug gelitten. Und wenn es zu etwas nicht wieder Gutzumachendem nicht gekommen ist – wie du mir versicherst... dann...«

»Alvan!« rief sie.

»Was? sagte er verdrießlich. Er starrte eine Weile mit einem düsteren Blick auf sie herab, wie man auf einen Trümmerhaufen, auf die Verwüstung nach einer Naturkatastrophe blicken könnte.

»Dann«, fuhr er nach kurzer Pause fort, »dann wäre es das beste ... das beste für uns ... für jeden ... ja ... am wenigsten schmerzlich – höchst selbstlos ...« Seine Stimme versagte ihm, und sie hörte nur noch abgerissene Worte.

» ... Pflicht ... Laßt ... Uns ... Schweigen.«

Es folgte ein Augenblick absoluter Stille.

»Hierin appelliere ich an dein Gewissen«, sagte er plötzlich in erläuterndem Ton, »nämlich die Erbärmlichkeit vor allem nicht noch zu vermehren, sondern aufrichtig zu versuchen und mir zu helfen, die Sache irgendwie aus der Welt zu schaffen. Ohne jede Vorbehalte, versteht sich. Aufrichtig! Du kannst nicht leugnen, daß mir grausam Unrecht geschehen ist, und – nach allem – verdient meine Liebe ...« Er hielt inne in dem offenkundigen Bedürfnis, sie reden zu hören.

»Ich mache keine Vorbehalte«, sagte sie traurig. »Wie könnte ich? Ich kam mir selbst auf die Spur und kehrte zu dem zurück ...« – ihre Augen funkelten einen Moment lang verächtlich –, » ... zu dem – was du mir in Aussicht stelltest. Siehst du ... ich ... ich bin vertrauenswürdig ... jetzt.«

Er lauschte mit tiefer Aufmerksamkeit jedem Wort, und als sie geendet hatte, schien er auf mehr zu warten.

»Ist das alles, was du zu sagen hast?« fragte er.

Sie war von seinem Ton überrascht und sagte schwach: »Ich sagte die Wahrheit. Was kann ich mehr sagen?«

»Zum Teufel! Du könntest etwas Menschliches sagen«, schrie er. »Es ist nicht Wahrhaftigkeit; es ist Unverschämtheit – wenn du es wissen willst. Kein Wort, das zeigt, daß du dir deiner Lage bewußt bist und – und meiner. Nicht ein einziges Wort der Anerkennung oder des Bedauerns – oder der Reue ... oder ... was weiß ich.«

»Worte!« flüsterte sie in einem Ton, der ihn reizte. Er stampfte mit dem Fuß auf.

»Das ist ungeheuerlich!« rief er. »Worte? Ja, Worte. Worte bedeuten etwas – ja – das tun sie – trotz all dieser höllischen Verstellungen. Sie bedeuten mir etwas – jedem – dir. Was zum Teufel hast du benutzt, um diese Empfindungen – Empfindungen – pah! – auszudrücken, die dich alles vergessen ließen: mich, die Pflicht, die Scham!« ... Geifer stand ihm vor den Lippen, während sie ihn, angewidert von seiner Raserei, anstarrte. »Spracht ihr beiden nur durch Blicke miteinander?« sprudelte er hämisch hervor. Sie stand auf.

»Ich kann das nicht ertragen«, sagte sie, am ganzen Leibe zitternd. »Ich gehe.«

Sie starrten einander einen Augenblick lang an.

»Du nicht«, sagte er mit bewußter Roheit und begann im Zimmer auf und ab zu gehen. Sie blieb vollkommen still, machte den Eindruck, als horche sie ängstlich auf das Pochen ihres Herzens, sank dann langsam wieder in ihren Sessel und seufzte, als hätte sie sich einer Aufgabe entledigt, die über ihre Kräfte ging.

»Du mißverstehst alles, was ich sage«, begann er ruhig, »aber ich sage mir eben, daß du – gegenwärtig – nicht voll zurechnungsfähig bist.« Er blieb abermals vor ihr stehen. »Dein Geist ist aus den Fugen«, sagte er mit Behagen. »Jetzt davonzugehen, hieße der Narrheit ein Verbrechen – ja, Verbrechen – hinzufügen. Ich will keinen Skandal in meinem Leben, um keinen Preis. Und warum? Du mißverstehst mich bestimmt – aber ich sage es dir. Aus Pflichtgefühl. Ja. Aber du mißverstehst mich bestimmt – leichtsinnig. Frauen tun das immer – sie sind zu – zu engstirnig.«

Er wartete eine Weile, doch sie gab keinen Laut von sich, blickte ihn nicht einmal an; er wurde unsicher – schmerzhaft unsicher, wie einer, der argwöhnt, man hege einen unsinnigen Verdacht gegen ihn. Um dieser ärgerlichen Empfindung zu begegnen, begann er sehr hastig zu reden. Der Klang seiner Stimme regte seine Gedanken an, und in dem Spiel der hin- und herfliegenden Gedanken warf er dann und wann einen Blick auf den unerschütterlichen Fels seiner Überzeugungen, der in einsamer Größe die unergiebige Wüste der Irrtümer und Leidenschaften überragte.

»Denn es ist selbstverständlich«, fuhr er mit eifernder Lebhaftigkeit fort, »es ist selbstverständlich, daß wir auf höchster Ebene nicht das Recht haben – nein, wir haben nicht das Recht, unser Elend jenen aufzudrängen, die – die natürlich Besseres von uns erwarten. Jedermann wünscht, daß sein Leben und das Leben um ihn her schön und rein sei. Ein Skandal jedoch unter Leuten unseres Standes ist verheerend für die gute Sitte – hat einen unheilvollen Einfluß – siehst du das nicht – auf den allgemeinen Ton, der in der Klasse herrscht – der wichtigsten, wie ich fest überzeugt bin, in – in der Gesellschaft. Ich fühle das im Innersten. Es ist ein weiter Ausblick. Du wirst mir noch recht geben ... wenn du wieder die Frau bist, die ich liebte – und der ich vertraute ...«

Er hielt inne, als müsse er plötzlich nach Atem ringen. Dann sagte er mit völlig veränderter Stimme: »Denn ich liebte dich wirklich und vertraute dir« – und schwieg abermals einen Moment lang. Sie hob ihr Taschentuch an die Augen.

»Du wirst mir meine – meine Motive hoch anrechnen. Sie entstammen vor allem der Treue gegen – gegen die umfassenderen Bedingungen unseres Lebens – dort, wo du – ausgerechnet du! – versagtest. Man redet gewöhnlich nicht so – natürlich – aber du wirst zugeben, in dieser Sache ... Und bedenk nur – die Unschuldigen leiden mit den Schuldigen. Die Welt ist erbarmungslos in ihrem Urteil. Unglücklicherweise gibt es immer solche in ihr, die nur zu bereit sind, etwas falsch zu verstehen. Vor dir und vor meinem Gewissen bin ich schuldlos, aber jede – jede Bloßstellung würde meine Brauchbarkeit in jenem Wirkungsbereich beeinträchtigen – in jenem größeren Wirkungsbereich, in den ich, wie ich hoffe, bald ... du teiltest meine Ansichten in dieser Sache vollkommen – ich möchte nicht mehr sagen ... über – über diesen Punkt, aber glaub mir: echte Selbstlosigkeit bedeutet, die eigenen Bürden schweigend zu tragen. Das Ideal muß – muß bewahrt werden – für andere zumindest. Es ist klar wie Sonnenschein. Wenn ich eine – eine ekelhafte Schwäre hätte, wäre eine grundlose Enthüllung etwas Verabscheuungswürdiges – Verabscheuungswürdiges! Und oft im Leben – in der höchsten Auffassung des Lebens – ist Freimütigkeit unter bestimmten Umständen nichts Geringeres als ein Verbrechen. Versuchungen entschuldigen, wie du weißt, niemanden. In Wirklichkeit gibt es so etwas gar nicht, wenn man unverwandt die Wohlfahrt der eigenen Person – die in Pflicht gegründet ist – im Auge behält. Aber es gibt die Schwachen.« ... Seine Stimme nahm einen bissigen Klang an ... »Und es gibt die Narren und die Neidvollen – neidvoll vor allem auf Leute unseres Standes. Ich bin schuldlos an dieser schrecklichen – schrecklichen ... Entfremdung; doch wenn nichts vorgefallen ist, das nicht wieder gutzumachen wäre – du siehst, sogar noch jetzt bin ich bereit, dir unbegrenztes Vertrauen entgegenzubringen –, dann steht unsere Pflicht fest.«

Er senkte den Blick. Mit seinem Gesichtsausdruck ging ein Wandel vor, und von dem hinausdringenden Ungestüm seines Redeeifers verfiel er unversehens in die trübsinnige Betrachtung all der besänftigenden Wahrheiten, die er – nicht ohne Verwunderung – kürzlich in sich zu entdecken Gelegenheit gehabt hatte. Während dieser tiefen und beruhigenden Einkehr bei seinen innersten Glaubenssätzen stand er, auf den Teppich starrend, unbeweglich da, mit einem unheilverkündend feierlichen Gesicht und mit einer stumpfen Ausdruckslosigkeit der Augen, die in einen gähnend leeren Schlund zu blicken schienen.

Dann fuhr er, ohne sich im geringsten zu rühren, fort: »Ja. Absolut fest. Ich bin bis zum Äußersten getrieben worden, und ich kann nicht behaupten, daß eine Zeitlang die alten Gefühle – die alten Gefühle nicht …« Er seufzte … »Aber ich verzeihe dir …«

Sie machte eine winzige Bewegung, ohne ihre Augen zu heben. In seiner eingehenden Betrachtung des Teppichs bemerkte er nichts. Und es herrschte Schweigen, Schweigen innen und Schweigen außen, wie wenn seine Worte das Pochen und Beben alles Lebens ringsherum zum Schweigen gebracht und wie wenn das Haus allein gestanden hätte – die einzige Wohnung auf einer verlassenen Erde.

Er hob den Kopf und wiederholte feierlich: »Ich verzeihe dir ... aus Pflichtgefühl – und in der Hoffnung ...«
Er hörte ein Lachen, und es unterbrach nicht nur seine Worte, sondern zerstörte auch den Frieden seiner Selbstversunkenheit mit dem gemeinen Schmerz einer Wahrheit, die sich in die Schönheit eines Traums eindrängt. Er konnte sich nicht erklären, woher das Geräusch kam. Er konnte, perspektivisch verkürzt, das tränenüberströmte, schmerzliche Gesicht der Frau sehen, die ausgestreckt dasaß und den Kopf über die Lehne des Sessels hängen ließ. Er dachte, der durchdringende Lärm sei eine Sinnestäuschung. Aber ein neuerliches schrilles Lachen, dem ein tiefer Schluchzer und dann wieder ein Heiterkeitsausbruch folgten, schien ihn von dort fortzureißen, wo er stand. Er sprang zur Tür. Sie war geschlossen. Er drehte den Schlüssel um und dachte: das nützt nichts ... »Hör auf!« rief er und gewahrte zu seinem Schrekken, daß sie bei ihrem Geschrei seine Stimme kaum hören konnte. Er rannte zurück in der Absicht, diesen unerträglichen Lärm mit seinen Händen zu ersticken, aber er blieb verwirrt stehen, da er sich so unfähig fühlte, sie zu berühren, wie wenn sie in Flammen gestanden hätte.

Er brüllte: »Genug!«, wie Männer in einem Gefecht brüllen – mit rotem Kopf und hervortretenden Augen, dann, als wäre er davongefegt worden, ehe die nächste Lachsalve ertönte, verschwand er im Nu aus drei Spiegeln, verschwand plötzlich aus ihrem Gesichtskreis. Eine Weile keuchte und lachte die Frau allein in der lichten Stille des leeren Zimmers.

Er tauchte wieder auf, schritt mit einem vollen Wasserglas auf sie zu. Er stammelte: »Hysterie – Hör auf – Sie hören es – Trink das hier.« Sie lachte die Decke an. »Hör auf!« schrie er. »Ah!« Er schleuderte ihr das Wasser ins Gesicht und legte die ganze heimliche Brutalität seines Grolls in diese Bewegung, fühlte aber obendrein, daß es absolut entschuldbar gewesen wäre, wenn er dem Wasser auch noch das Glas nachgeschickt hätte. Er zügelte sich, war aber zugleich so überzeugt, nichts vermöchte dem Entsetzen dieser Schreie ein Ende zu machen, daß ihm, als sich die erste Empfindung der Erleichterung einstellte, gar nicht einfiel, seinem Eindruck zu mißtrauen, er sei plötzlich taub geworden. Als er dann im nächsten Augenblick zur Gewißheit gelangte, daß sie aufrecht dasaß und wirklich sehr still war, war es ihm, als ob alles – Menschen, Dinge, Empfindungen – zur

Ruhe gekommen wäre. Er war bereit, dankbar zu sein. Er vermochte nicht, den Blick von ihr zu wenden, fürchtend, ohne sich das selber einzugestehen, sie könnte von neuem anfangen; denn diese Erfahrung, so verächtlich er auch von ihr zu denken versuchte, hatte doch die Benommenheit eines geheimnisvollen Grauens in ihm zurückgelassen. Ihr Gesicht war von Wasser und Tränen überströmt; eine Haarsträhne hing ihr über die Stirn, eine andere klebte an der Wange; ihr Hut war verrutscht und saß unanständig schief; ihr durchweichter Schleier ähnelte einem schmutzigen Fetzen, der ihre Stirn bekränzte. Eine schonungslose Offenheit lag in ihrem Ausdruck, eine Preisgabe aller Sicherungen, die Häßlichkeit der Wahrheit, die vom täglichen Leben nur durch die unermüdliche Sorge um die äußere Erscheinung ferngehalten werden kann. Er wußte nicht, warum er, als er sie ansah, plötzlich an morgen denken mußte, und warum der Gedanke ein Gefühl unaussprechlicher, mutloser Erschöpfung hervorrief – eine Furcht, der Folge der Tage ins Gesicht zu blicken. Morgen! Es lag so weit entfernt wie gestern. Zeitalter verstreichen manchmal zwischen zwei Sonnenaufgängen – manchmal. Er durchforschte ihre Gesichtszüge, wie einer auf ein vergessenes Land blicken mag. Sie waren nicht verzerrt – er bemerkte Landmarken, sozusagen, aber nur eine Ähnlichkeit konnte er erkennen, nicht die Frau von gestern – oder war es vielleicht mehr als die Frau von gestern? Wer weiß? War es etwas Neues? Ein neuer Ausdruck – oder eine Schattierung des Ausdrucks? oder etwas Tiefes – eine alte, jetzt enthüllte Wahrheit, eine grundlegende und verborgene Wahrheit – eine unnötige, fluchwürdige Gewißheit? Er stellte fest, daß er sehr zitterte, daß er ein leeres Wasserglas in der Hand hielt – daß die Zeit verstrich. Sie noch immer mit schleichendem Argwohn betrachtend, langte er nach dem Tisch, um das Glas abzustellen, und war überrascht, als er fühlte, daß es anscheinend durch das Holz fiel. Er hatte den Tischrand verfehlt. Die Verblüffung, das leise Klirren der Scherben ärgerten ihn unaussprechlich. Er wandte sich ihr gereizt zu.

»Was soll das heißen?« fragte er grimmig.

Sie strich sich mit der Hand über das Gesicht und machte den Versuch aufzustehen.

»Du wirst doch nicht wieder so geschmacklos sein«, sagte er.

»Wahrhaftig, ich wußte nicht, daß du dich soweit vergessen könntest.« Er versuchte nicht, seinen physischen Ekel zu verbergen, denn er hielt ihn für rein sittliche Mißbilligung jeglicher Offenherzigkeit und alles dessen, was einer Szene gleichkam.

»Ich versichere dir – es war empörend«, fuhr er fort. Er starrte sie einen Augenblick lang an. »Wirklich entwürdigend«, fügte er eindringlich hinzu.

Sie stand so schnell auf, wie wenn sie von einer Feder in Bewegung gesetzt worden wäre, und strauchelte. Er lief instinktiv zu ihr hin. Sie fand an der Lehne des Stuhls einen Halt und richtete sich auf. Das ließ ihn innehalten, und sie starrten einander mit weit aufgerissenen Augen an, unsicher, und doch mit Erleichterung und Verwunderung langsam auf die Wirklichkeit der Dinge zurückkommend, so als wären sie gerade erwacht, nachdem sie sich eine lange Nacht hindurch in fiebrigen Träumen gewälzt hatten.

»Bitte, fang nicht wieder an«, sagte er hastig, als er ihre geöffneten Lippen sah. »Ich verdiene ein wenig Schonung – und solch ein unberechenbares Benehmen ist mir schmerzlich. Ich erwarte Besseres ... Ich habe ein Recht darauf ...«

Sie preßte beide Hände gegen die Schläfen.

»Oh, Unsinn!« sagte er schneidend. »Du bist vollkommen in der Lage, zum Abendessen her-

unterzukommen. Niemand soll auch nur den geringsten Argwohn hegen; nicht einmal die Dienerschaft. Niemand! Niemand! ... Ich bin überzeugt, du kannst es.«
Sie ließ die Arme sinken; ihr Gesicht zuckte. Sie blickte ihm gerade ins Gesicht und schien unfähig, ein Wort hervorzubringen. Er runzelte die Stirn.
»Ich – wünsche – es«, sagte er tyrannisch. »Schon in deinem eigenen Interesse ...« Er wollte diese Sache ohne Mitleid durchsetzen. Warum sagte sie nichts? Er fürchtete passiven Widerstand. Sie mußte ... Er würde sie zwingen. Sein Stirnrunzeln vertiefte sich, und er begann, an eine wirkungsvolle Gewaltmaßnahme zu denken, als sie völlig unerwartet mit fester Stimme sagte: »Ja, ich kann«, und sich wieder an die Lehne klammerte. Er war erleichtert, und sogleich hörte ihre Haltung auf, von Interesse für ihn zu sein. Hauptsache war, daß ihr Leben wieder mit einer alltäglichen Verrichtung begann – mit etwas, das unmißverständlich war, das Gott sei Dank keine sittliche Bedeutung, keine Schwierigkeit besaß – und doch symbolisch war für ihre ununterbrochene Gemeinschaft in der Vergangenheit – in aller Zukunft. An diesem Morgen, an diesem Tisch hat-

ten sie zusammen gefrühstückt; und jetzt würden sie zu Abend essen. Es war vorüber! Was inzwischen vorgefallen war, konnte vergessen werden – mußte vergessen werden, wie Dinge, die nur einmal sich ereignen – der Tod zum Beispiel.

»Ich will auf dich warten«, sagte er, während er zur Tür ging. Er hatte einige Mühe damit, denn ihm fiel nicht ein, daß er den Schlüssel herumgedreht hatte. Er war wütend über diesen Aufenthalt, und seine gehemmte Ungeduld, so schnell wie möglich aus diesem Zimmer zu kommen, bewirkte, daß er sich recht elend fühlte, während er im Bewußtsein ihrer Anwesenheit in seinem Rücken an dem Schloß hantierte. Er brachte es schließlich auf; dann sah er, schon in der Türöffnung, über seine Schulter zurück, um zu sagen: »Es ist ziemlich spät – wie du weißt –«, und erblickte sie dort, wo er sie stehen gelassen hatte, mit einem Gesicht weiß wie Alabaster und vollkommen still, wie eine Frau in Ekstase.

Er fürchtete, sie werde ihn warten lassen, aber er war noch kaum zu Atem gekommen, wußte kaum wie, da saß er schon mit ihr am Tisch. Er hatte sich entschlossen, zu essen, zu reden, natürlich zu sein. Es erschien ihm notwendig, daß das Täuschungswerk schon hier in seinem Haus beginne. Die Dienstboten durften nichts wissen – nichts vermuten. Dieses inbrünstige Verlangen nach Heimlichkeit, nach dunkler, zerstörerischer tiefer Heimlichkeit, nach der Heimlichkeit des Grabes hatte ihn mit der Kraft einer Halluzination ergriffen – schien sich auch auf die unbelebten Gegenstände auszudehnen, die die täglichen Gefährten ihres Lebens gewesen waren, erfaßte jedes einzelne Ding in den treuen Mauern, die ewig zwischen der Schamlosigkeit der Tatsachen und der Entrüstung der Menschheit stehen würden, mit einer Spur Feindseligkeit. Selbst als – wie das ein- oder zweimal geschah – beide Bediensteten zusammen das Zimmer verließen, blieb er bemüht natürlich, geschäftig eßlustig, umständlich ungezwungen, so als hätte er dem schwarzen Eichenbüfett, den schweren Gardinen, den steiflehnigen Stühlen den Glauben an ein ungetrübtes Glück einreden wollen. Er war voll Mißtrauen gegen die Selbstbeherrschung seiner Frau, war nicht geneigt, sie anzusehen, und ihm widerstrebte es zu reden, denn es schien ihm unfaßlich, daß sie sich nicht durch die leiseste Bewegung, durch das erste gesprochene Wort verraten würde. Dann fand er, die Stille des Zimmers werde gefährlich und so übermäßig, daß sie die Wirkung eines unerträglichen Aufruhrs hervorrufe. Er wollte ihr ein Ende setzen, wie man begierig ist, ein taktloses Geständnis zu unterbrechen; aber in Erinnerung an jenes Gelächter im oberen Stockwerk wagte er nicht, ihr Gelegenheit zu geben, den Mund zu öffnen. Plötzlich hörte er, wie ihre Stimme in ruhigem Tonfall eine belanglose Bemerkung machte. Er löste den Blick von der Mitte seines Tellers und war so aufgeregt, wie wenn er vor einem Wunder gestanden hätte. Und nichts hätte wunderbarer sein können als ihre Gefaßtheit. Er blickte auf die offenen Augen, auf die klare Stirn, auf das, was er seit Jahren Abend für Abend an diesem Ort gesehen; er lauschte der Stimme, die er seit fünf Jahren Tag für Tag gehört hatte. Vielleicht war sie etwas blaß – aber eine gesunde Blässe war ihm immer als einer ihrer hervorragenden Reize erschienen. Vielleicht wirkte ihr Gesicht etwas starr – aber diese marmorne Ungerührtheit, diese großartige Lässigkeit – der einer wundervollen Statue von der Hand eines großen Bildhauers gleich, der unter dem Fluch der Götter arbeitet –, diese eindrucksvolle, gedankenlose Ruhe ihrer Züge hatte für ihn bisher die stille Würde einer Seele widergespiegelt, als deren unbestrittener Eigentümer er sich selbstverständlich gefühlt hatte. Das waren die äußeren Merkmale ihres Abstands von der gemeinen Masse, die fühlt, leidet, versagt, sich irrt – aber keinen entschiedenen Wert in der Welt besitzt außer dem, ein moralischer Kontrast zum Wohlstand der Erwählten zu sein. Er war stolz auf ihre Erscheinung gewesen. Sie hatte die absolut angemessene Freimütigkeit der Vollendung – und jetzt war er entsetzt, diese Erscheinung unverändert zu sehen. So hatte sie ausgesehen, so hatte sie gesprochen, genau so, vor einem Jahr, vor einem Monat, noch gestern, als sie ... Was im Innern vorging, änderte nichts. Woran dachte sie? Was bedeuteten die Blässe, das friedliche Gesicht, der offene Ausdruck, die klaren Augen? Was hatte sie während all der Jahre gedacht? Was hatte sie gestern gedacht – heute; was würde sie morgen denken? Er mußte es herausfinden ... Und doch, wie sollte er dahinterkommen? Sie hatte ihn getäuscht, jenen anderen Mann, sich selbst; sie war bereit zu täuschen – um seinetwillen. Immer Täuschung. Ihr blickten Lügen aus den Augen, sie atmete Lügen, lebte Lügen – würde Lügen erzählen – immer, bis ans Ende ihrer Tage! Und er würde nie wissen, was sie meinte. Niemals! Niemals! Niemand vermochte es. Unmöglich es zu wissen.

Er ließ unvermittelt Messer und Gabel sinken, als wäre er, dank dieser jähen Erleuchtung, eines Giftes auf seinem Teller gewahr geworden, und gelangte zu der festen Überzeugung, daß er, solange er lebte, nie wieder einen Bissen hinunterbringen werde. Das Abendessen nahm seinen Fortgang in einem Raum, der aus irgendeinem Grund langsam heißer als ein Ofen geworden war. Er mußte trinken, trank immer wieder und war, als er sich endlich besann, erschrokken über die Menge, bis ihm einfiel, daß es nur Wasser war, was er getrunken hatte – aus zwei verschiedenen Weingläsern; und die aufgedeckte Bewußtlosigkeit seiner Handlungen berührte ihn schmerzlich. Es beunruhigte ihn, daß er sich in solch einem krankhaften Geisteszustand befand. Übermaß des Gefühls – Übermaß des Gefühls; und es war ein Teil seines Glaubensbekenntnisses, daß jedes Übermaß des Gefühls ungesund sei – sittlich verkehrt; ein Makel auf tätiger Mannhaftigkeit. Ihre Schuld. Rein ihre Schuld. Ihre sündige Selbstvergessenheit war ansteckend. Sie ließ ihn auf Gedanken kommen, deren er früher nie fähig gewesen wäre;

zersetzende, folternde Gedanken, die einen bis aufs Mark auszehrten – wie eine tödliche Krankheit; Gedanken, die die Furcht vor der Luft, dem Sonnenlicht, den Menschen zeugen – wie die weitergeflüsterte Nachricht von einer Seuche.

Die Hausmädchen bedienten geräuschlos; und um nicht seine Frau anblicken, um nicht in sich hineinblicken zu müssen, folgte er zuerst der einen, dann der anderen mit den Augen, ohne jedoch zwischen den beiden unterscheiden zu können. Sie bewegten sich schweigend, ohne daß man hätte sehen können, auf welche Weise, denn ihre Röcke berührten den Estrich; sie glitten hierhin und dorthin, zogen sich zurück, näherten sich, steif in Schwarz und Weiß, mit genauen Bewegungen und Gesichtern ohne Leben, wie ein Paar Marionetten in Trauer; und ihre Miene stumpfer Teilnahmslosigkeit erschien ihm unnatürlich, verdächtig, unheilbar feindlich. Daß einen die Gefühle oder Urteile solcher Leute überhaupt beeinflussen könnten, war ihm noch nie zu Bewußtsein gekommen. Er war der Meinung gewesen, sie hätten keine Ansichten, keine Grundsätze – keine Kultur und keine Macht. Aber jetzt war er so entwürdigt, daß er nicht einmal versuchte, vor sich selber die Sehnsucht zu verbergen, in die geheimen Gedanken seiner Dienstboten einzudringen. Mehrmals blickte er verstohlen zu den Gesichtern dieser Mädchen auf. Unmöglich, etwas zu erfahren. Sie tauschten seine Teller aus und ignorierten völlig seine Existenz. Was für eine undurchdringliche Falschheit. Frauen – nichts als Frauen um ihn her. Unmöglich, etwas zu erfahren. Er erlebte jenes herzzerreißende, wilde Gefühl gefährlicher Einsamkeit, das manchmal den Mut eines verlassenen Abenteurers in einem unerschlossenen Land anfällt. Der Anblick eines Männergesichtes – dachte er – jedes Männergesichtes wäre eine Wohltat gewesen. Dann würde man etwas erfahren – könnte etwas verstehen... Er gelangte zur Überzeugung, daß er männliche Dienstboten haben müsse. Er würde sobald als möglich einen Butler einstellen. Und dann kam das Ende dieses Abendessens – das scheinbar Stunden gedauert hatte –, das Ende kam und überraschte ihn außerordentlich, gleichsam als hätte er erwartet, ewig an diesem Tisch sitzen zu müssen.

Aber oben im Wohnzimmer wurde er die Beute eines ruhelosen Geschicks, das ihm unter keinen Umständen erlaubte, sich hinzusetzen. Sie hatte sich in einen Polstersessel sinken lassen, hatte von einem kleinen Tisch neben sich einen Fächer aus Elfenbeinblättchen aufgenommen und beschattete damit ihr Gesicht gegen das Feuer. Die Kohlen glühten ohne Flammen; und gegen die rote Glut stachen die senkrechten Stäbe des Gitters vor ihren Füßen schwarz und gebogen ab wie die verkohlten Rippen eines von den Flammen verzehrten Opfertieres. In der Ferne brannte eine Lampe, die auf einem schlanken Messingfuß unter einem großen Schirm aus roter Seide saß: das Zentrum in den Schatten des großen Zimmers, in den Schatten eines feurigen Zwielichts, das in der Wärme seiner Färbung etwas Zartes, Verfeinertes und Höllisches enthielt. Sein leiser Tritt und das gedämpfte Ticken der Uhr auf dem hohen Kaminsims antworteten einander regelmäßig – als schritten die Zeit und er in gemessenem Wettstreit miteinander durch das höllische Gespinst des Zwielichts auf ein geheimnisvolles Ziel zu.

Er schritt unentwegt von einem Ende des Zimmers zum andern, wie ein Wanderer, der des Abends verbissen auf einer endlosen Reise weiterhastet. Dann und wann sah er sie an. Unmöglich, etwas zu erfahren. Die ungeheuerliche Exaktheit dieses Gedankens drückte für seinen

praktischen Verstand etwas Unabsehbares und unendlich Tiefes aus, die alles in sich schließende Feinheit eines Gefühls, der ewige Quell seiner Pein. Diese Frau hatte ihn erhört, hatte ihn verlassen – war zu ihm zurückgekehrt. Und über all das würde er niemals die Wahrheit erfahren. Niemals. Nicht bis zu seinem Tod – nicht danach – nicht am Tag des Jüngsten Gerichts, wenn alles enthüllt werden soll, Gedanken und Taten, Lohn und Strafe; doch das Geheimnis der Herzen allein wird ewig ungekannt zum Unerforschlichen Schöpfer des Guten und Bösen, zum Herrn der Zweifel und Triebe zurückkehren.
Er blieb stehen, um sie anzusehen. Zurückgelehnt, das Gesicht von ihm abgewandt, rührte sie sich nicht – so als schliefe sie. Was dachte sie? Was fühlte sie? Und angesichts ihrer vollkommenen Ruhe, in diesem atemlosen Schweigen, fühlte er sich winzig und machtlos vor ihr wie ein Gefangener in Ketten. Die Wut seiner Kraftlosigkeit rief düstere Bilder herauf, diese Befähigung zu peinigenden Vorstellungen, die in einem Augenblick schmerzlichen Schuldbewußtseins einen Mann dazu verleitet, in der Einsamkeit eines leeren Zimmers Verwünschungen auszustoßen oder eine drohende Ge-

ste zu machen. Aber die Aufwallung der Leidenschaft verflog, sogleich, ließ ihn ein wenig zitternd, mit der verwunderten, nachdenklichen Furcht eines Mannes zurück, der am Rand des Selbstmords innegehalten hat. Die heitere Gelassenheit der Wahrheit und der Frieden des Todes können nur durch eine Größe der Verachtung erreicht werden, die alle lohnenden Knechtschaften des Lebens einschließt. Er stellte fest, daß er gar nichts erfahren wollte. Lieber nicht. Es war alles vorbei – als wäre es gar nicht geschehen. Und für sie beide war es unbedingt erforderlich, war sittlich richtig, daß niemand etwas erfuhr.

Er redete plötzlich, als schlösse er eine Erörterung ab: »Das beste für uns ist, alles zu vergessen.«

Sie fuhr ein wenig zusammen und klappte den Fächer mit einem leisen Klick zusammen.

»Ja, verzeihen – und vergessen«, wiederholte er wie zu sich selbst.

»Ich werde nie vergessen«, sagte sie mit bebender Stimme. »Und ich werde mir nie verzeihen …«

»Aber ich, der ich mir nichts vorzuwerfen habe …«, begann er und machte einen Schritt auf sie zu. Sie sprang auf.

»Ich kam nicht um deiner Vergebung willen zurück«, rief sie leidenschaftlich, als begehre sie gegen eine ungerechte Verleumdung auf.
Er sagte nur: »Oh!« und verstummte. Er konnte diese grundlose Aggressivität ihrer Haltung nicht verstehen und war natürlich sehr weit entfernt von der Annahme, daß im Tonfall seiner letzten Worte eine unüberlegte Andeutung von etwas, das einer Gefühlsbewegung ähnlich sah, diesen unbeherrschten Aufrichtigkeitsausbruch hervorgerufen hatte. Es machte seine Verwirrung vollständig, aber er war jetzt nicht im geringsten ärgerlich. Er war wie benommen von der Faszination des Unbegreiflichen. Groß und undeutlich stand sie vor ihm wie ein schwarzes Gespenst in rotem Zwielicht. Schmerzlich im Ungewissen über das, was geschehen würde, wenn er die Lippen öffnete, murmelte er schließlich: »Aber wenn meine Liebe stark genug ist...«, und zögerte.
Er hörte, wie etwas in der feurigen Stille laut knackte. Sie hatte ihren Fächer zerbrochen. Zwei dünne Elfenbeinblättchen fielen nacheinander lautlos auf den dicken Teppich, und er bückte sich instinktiv, um sie aufzuheben. Während er um ihre Füße herumtastete, kam es ihm vor, als halte diese Frau eine unentbehr-

liche Gabe in ihren Händen, die nichts sonst auf der Welt verleihen konnte; und als er sich aufrichtete, wurde er von dem unwiderstehlichen Glauben an ein Rätsel durchdrungen, von der Überzeugung, daß sich in seiner Reichweite und vor ihm dahinschwindend das Geheimnis des Daseins befand – eine Gewißheit, körperlos und kostbar. Sie ging zur Tür, und er folgte ihr, während er nach dem Zauberwort suchte, das dieses Rätsel lösen, das die Auslieferung der Gabe erzwingen würde. Und solch ein Wort gibt es nicht! Das Rätsel wird nur durch Opfer gelöst, und die Gabe des Himmels liegt in eines jeden Hand. Aber sie hatten in einer Welt gelebt, welche Rätsel verabscheut und sich um keine anderen Gaben kümmert als um jene, die auf der Straße zu erlangen sind. Sie näherte sich der Tür.

Er sagte hastig: »Wahrhaftig, ich liebte dich – ich liebe dich jetzt.«

Sie blieb während eines kaum wahrnehmbaren Augenblicks stehen, um ihm einen entrüsteten Blick zuzuwerfen, und ging dann weiter. Jener weibliche Scharfsinn – der so durchtrieben und so vergiftet durch den rastlosen Instinkt der Selbstverteidigung ist, so bereit, in allem, was er nicht versteht, ein offenkundiges Übel zu sehen

– erfüllte sie mit bitterer Empörung gegen diese beiden Männer, die dem geistigen und tragischen Ringen ihrer Gefühle nichts entgegenbrachten als die Roheit ihres abscheulichen Materialismus. In dem Ärger über ihre eigene wirkungslose Selbsttäuschung fand sie Haß genug für beide. Was wollten sie? Was wollte dieser da noch mehr? Und als ihr Gemahl sich wieder vor sie stellte, die Hand auf der Türklinke, fragte sie sich, ob er unentschuldbar dumm oder einfach würdelos sei.

Sie sagte gereizt und sehr hastig: »Du betrügst dich selbst. Du liebtest mich nie. Du wolltest eine Frau – irgendeine Frau – jede Frau, die in einer bestimmten Weise dachte, redete, auftrat – in einer Weise, die dir zusagte. Du liebtest dich selbst.«

»Du glaubst mir nicht?« fragte er langsam.

»Wenn ich geglaubt hätte, daß du mich liebst«, begann sie leidenschaftlich und holte tief Atem; und in dieser Pause hörte er das stetige Pochen des Blutes in seinen Ohren. »Wenn ich das geglaubt hätte … wäre ich nie zurückgekommen«, schloß sie rücksichtslos.

Er stand da und blickte zu Boden, als hätte er nicht gehört. Sie wartete. Nach einer Weile öffnete er die Tür, und auf dem Treppenabsatz erschien die blicklose Marmorfrau, die bis zum Kinn verhüllt wår und ihnen ein Lichterbündel entgegenstreckte.

Er schien sich so tief in eine Betrachtung verloren zu haben, daß sie, im Begriff hinauszugehen, noch einmal anhielt und ihn verwundert ansah. Während sie sprach, war er der Spur des Rätsels gefolgt, aus der Welt des Verstandes hinüber in das Reich des Gefühls. Was bedeutete schon das, was sie getan, was sie gesagt, wenn er durch den Schmerz ihrer Handlungen und Worte das Rätselwort gefunden hatte! Es kann kein Leben ohne Glauben und Liebe geben – Glauben an ein menschliches Herz, Liebe zu einem menschlichen Wesen! Diese Berührung durch die Gnade – auf deren Hilfe einmal im Leben auch die ein Anrecht haben, die ihrer am unwürdigsten sind – stieß ihm die Tore des Jenseits auf, und während er so die körperlose und kostbare Gewißheit bedachte, vergaß er all die bedeutungslosen Vorfälle des Daseins: die Wonne des Erreichens, die Lust des Genusses; all die unbeständigen und verführerischen Gestalten der Gelüste, die die körperliche Welt törichter Freuden, verächtlicher Sorgen regieren. Glaube! – Liebe! – der zuversichtliche, reine Glaube an die Wahrheit einer Seele – die große Innigkeit, tief wie der Ozean, erhaben und ewig wie der unendliche Friede des Raums über den kurzen Stürmen der Erde. Das war es, was er sein ganzes Leben gewollt hatte – aber erst jetzt verstand er es. Durch den Schmerz ihres Verlustes gelangte er zu dieser Einsicht. Sie hatte die Gabe! Sie hatte die Gabe! Und auf der ganzen Welt war sie das einzige menschliche Wesen, das diese Gabe seinem gewaltigen Verlangen ausliefern konnte. Er machte einen Schritt vorwärts, streckte seine Arme aus, als wollte er sie an die Brust drücken, und begegnete, als er den Kopf hob, einem Blick so völliger Bestürzung, daß seine Arme herabsanken, als ob sie von einem Schlag getroffen worden wären. Sie strebte von ihm fort, stolperte über die Schwelle und wandte sich auf dem Treppenabsatz noch einmal rasch und geduckt nach ihm um. Die Schleppe ihres Gewandes flog zischend um ihre Füße. Es war unverhüllte Panik. Sie keuchte, bleckte die Zähne, und der Haß auf die Kraft, die Verachtung der Schwäche, die ewige Voreingenommenheit durch das Geschlecht kamen hervor wie ein Spielzeugteufelchen aus seiner Schachtel.

»Das ist widerwärtig«, schrie sie.

Er rührte sich nicht; aber ihr Blick, ihre erregten Bewegungen, der Klang ihrer Stimme waren wie ein Dunst von Tatsachen, der sich zwischen ihm und seiner Vision von Liebe und Glauben verdichtete. Sie schwand; und als er dieses triumphierende und haßerfüllte Gesicht sah, dieses weiße Gesicht, als er es so heimlich und unerwartet sah, wie aufgestört aus einem Hinterhalt hervorstarrend, kehrte er langsam in die Verstandeswelt zurück. Sein erster klarer Gedanke war: Mit dieser Frau bin ich verheiratet; und der nächste: sie gibt nichts her außer dem, was ich sehe. Er fühlte das Bedürfnis, nicht hinzusehen. Aber die Erinnerung der Vision, die Erinnerung, die ewig in dem Seher bleibt, ließ ihn mit der kindlichen Strenge eines Bekehrten, der unter der Berührung eines neuen Glaubens von Scheu ergriffen wird, sagen: »Du hast die Gabe nicht.« Er kehrte ihr den Rücken und ließ sie völlig verdutzt stehen. Sie ging langsam die Treppe hinauf und kämpfte mit dem ekelhaften Verdacht, vor etwas gestellt worden zu sein, das verschwiegener als sie selbst war – tiefer als der mißverstandene und tragische Widerstreit ihrer Gefühle.

Er schloß die Tür des Wohnzimmers und ging ziellos umher, allein unter den schweren Schatten und in dem feurigen Zwielicht, wie an einem gepflegten Ort ewiger Verdammnis. Sie hatte nicht die Gabe – niemand hatte sie ... Er trat auf ein Buch, das von einem der überladenen Tischchen herabgefallen war. Er hob den schmalen Band auf und näherte sich damit der rot beschirmten Lampe. Der feurige Farbton des Einbands vertiefte sich, und die verschlungenen Goldlettern, die sich labyrinthisch darüberbreiteten, traten rotglänzend hervor. ›Dornen und Arabesken.‹ Er las es zweimal: ›Dornen und Ar ...‹ Der Gedichtband des anderen. Er ließ ihn zu Boden fallen, fühlte aber nicht die geringste Aufwallung von Eifersucht oder Entrüstung. Was wußte er? ... Was? ... Der Haufen glühender Kohlen brach auf dem Rost in sich zusammen, und er drehte sich nach dem Kamin um ... Ah! Jener war bereit gewesen, alles, was er besaß, für diese Frau zu opfern – die nicht kam –, die nicht den Glauben hatte, die Liebe, den Mut zu kommen. Was erwartete dieser Mann, was erhoffte er, was wollte er? Die Frau – oder die körperlose und kostbare Gewißheit? Den ersten selbstlosen Gedanken, den er je auf irgendein menschliches Wesen verwandt hatte, galt dem Mann, der versucht hatte, ihm schreckliches Unrecht anzutun. Er war nicht zornig. Ein unpersönlicher Kummer machte ihn traurig, eine Melancholie, so gewaltig wie die der ganzen Menschheit, die sich nach dem Unerreichbaren sehnt. Er fühlte seine Verbundenheit mit jedem Menschen – sogar mit jenem Mann –, vor allem mit jenem Mann. Was dachte er nun? Hatte er aufgehört zu warten – und zu hoffen? Würde er je aufhören zu warten und zu hoffen? Würde er verstehen, daß der Frau, die nicht den Mut hatte, die Gabe fehlte, die Gabe fehlte!

Die Uhr begann zu schlagen, und die tiefen Schwingungen erfüllten den Raum wie mit dem Klange einer großen Glocke, die in weiter Ferne läutet. Er zählte die Schläge. Zwölf. Ein neuer Tag hatte begonnen. Das Morgen war angebrochen; das geheimnisvolle und lügenhafte Morgen, das die Menschen lockt, das Liebe und Glauben verschmäht, fort und fort, durch die brennenden Müßigkeiten des Lebens hin bis zum angenommenen Lohn des Grabes. Er zählte die Schläge, und auf den Rost starrend schien er auf mehr zu warten. Dann, als würde er hinausgerufen, verließ er festen Schrittes das Zimmer.

Als er draußen stand, hörte er Schritte in der Halle und blieb still stehen. Ein Riegel wurde vorgeschoben – dann noch einer. Sie verschlos-

sen das Haus – verwahrten seine Sehnsucht und seine Täuschung vor der erbitterten Kritik einer Welt, die voll edler Gaben für diejenigen ist, die von sich behaupten, sie seien ohne Tadel und ohne Fehl. Er war sicher; und an allen Seiten seines Wohnhauses schliefen knechtische Ängste und knechtische Hoffnungen, träumten von Erfolg hinter der strengen Verschwiegenheit der Türen, die die Wahrheit hinter sich so wenig durchsickern ließen wie der Granit der Grabsteine. Ein Schloß schnappte ein – eine kurze Kette klirrte. Niemand sollte etwas erfahren!
Warum war diese Gewißheit der Sicherheit schwerer zu tragen als eine Bürde aus Furcht, und warum bot sich der anbrechende Tag eigensinnig wie der letzte aller Tage dar – wie ein Heute ohne ein Morgen? Doch nichts war verändert, denn niemand sollte etwas erfahren; und alles würde wie bisher weitergehen – das Erreichen, das Genießen, die Segnung des Appetits, der jeden Tag gestillt wird; die edlen Anreize unstillbaren Ehrgeizes. All – all die Segnungen des Lebens. Alle – außer der körperlosen und kostbaren Gewißheit – der Gewißheit von Glauben und Liebe. Er war des Glaubens, ihr Schatten habe, so lange er sich denken konnte, auf ihm gelegen; jene unsichtbare Ge-

genwart habe sein Leben regiert. Und jetzt, da der Schatten sichtbar geworden und verblaßt war, konnte er die Sehnsucht nach der Wahrheit seiner Substanz nicht stillen. Sein Verlangen danach war kindlich; es war gebieterisch wie die Strebungen, die das Fundament des Lebens bilden, doch im Gegensatz zu ihnen war es unbesiegbar. Es war der subtile Despotismus einer Idee, die keine Nebenbuhler duldet, die einsam ist, untröstlich und gefährlich. Er ging langsam die Treppe hinauf. Niemand sollte es erfahren. Die Tage würden weitergehen, und er würde weit kommen – sehr weit. Wenn die Idee nicht gemeistert werden konnte, das Glück konnte gemeistert werden, der Mensch – die ganze Welt. Er war geblendet von der Größe des Augenblicks; die Roheit eines praktischen Instinkts in ihm schrie, daß nur das zu haben sich lohne, was zu haben war. Er zögerte auf den Stufen. Die Lichter in der Halle wurden gelöscht, und eine kleine gelbe Flamme huschte dort unten umher. Er empfand einen plötzlichen Abscheu vor sich selbst, der seine Kräfte anspornte. Er ging weiter, aber vor der Tür ihres gemeinsamen Zimmers, den Arm ausgestreckt, um sie zu öffnen, zauderte er. Auf der Treppe unten erschien der Kopf des Mädchens,

das die Türen verschlossen hatte. Sein Arm sank herab. Er dachte ›Ich warte, bis sie vorüber ist‹ – und trat in die Falten einer Portiere.
Er sah, wie sie langsam heraufkam, als stiege sie aus einem Brunnen. Bei jeder Stufe schwankte die schwache Kerzenflamme vor ihrem müden, jungen Gesicht, und die Dunkelheit der Halle schien sich an ihren schwarzen Rock zu heften, ihr zu folgen, mit ihr zu wachsen wie eine steigende Flut, als wäre die große Nacht der Welt durch die verschwiegene Zurückhaltung der Mauern gebrochen, der geschlossenen Türen, der gardinenverhangenen Fenster. Sie stieg über die Stufen hinan, leckte wie eine zornige Welle an den Wänden empor, floß über den blauen Himmel, über den gelben Strand, über die sonnenbeschienene Landschaft und über das gefällige Pathos zerlumpter Unschuld und unterwürfigen Hungers. Sie verschlang die liebliche Idylle im Boot und die verstümmelte Unsterblichkeit berühmter Basreliefs. Sie floß von außen herein – sie stieg höher und höher in zerstörerischem Schweigen. Und darüber schien die Marmorfrau gelassen und blind auf hohem Piedestal die verschlingende Nacht mit einem Lichterbündel abzuwehren.
Er beobachtete die steigende Flut undurch-

dringlicher Düsternis mit Ungeduld, als warte er begierig auf den Einbruch einer Finsternis, die schwarz genug war, um seine schmähliche Niederlage zu verhüllen. Sie kam näher. Das Lichterbündel erlosch. Das Mädchen kam in seine Höhe. Hinter ihr tanzte der Schatten der mächtigen Frau leicht über die Wand. Er hielt den Atem an, während das Mädchen geräuschlos und mit schweren Lidern vorüberging. Und auf ihrer Fährte erfüllte die hereinströmende Flut einer finsteren See das Haus, schien um seine Füße zu strudeln, ungehemmt anzusteigen, schweigend über seinem Kopf zusammenzuschlagen.

Der Augenblick war gekommen, aber er öffnete nicht die Tür. Alles war still; und anstatt sich den vernünftigen Erfordernissen des Lebens zu ergeben, trat er mit aufbegehrendem Herzen in die Dunkelheit des Hauses hinaus. Es war die Wohnstatt einer undurchdringlichen Nacht; als wäre wahrhaftig der letzte Tag gekommen und verstrichen, ihn allein in einer Dunkelheit zurücklassend, die keinen Morgen hatte. Und unten tauchte undeutlich die Marmorfrau auf, fahl und still wie ein geduldiges Phantom, das Bündel erloschener Lichter in die Nacht haltend.

Sein gehorsamer Gedanken entwarf vor ihm das Bild eines ununterbrochenen Lebens, die Würde und die Vorteile eines ununterbrochenen Erfolgs; während ihm sein aufbegehrendes Herz wild in der Brust schlug, wie rasend vor Verlangen nach einer körperlosen und kostbaren Gewißheit – der Gewißheit der Liebe und des Glaubens. Was ging ihn die Nacht in seinem Haus an, wenn er draußen den Sonnenschein finden konnte, in dem die Menschen säten, in dem die Menschen ernteten! Niemand würde etwas erfahren. Die Tage, die Jahre würden dahingehen, und ... Er erinnerte sich, daß er sie geliebt hatte. Die Jahre würden dahingehen ... Und dann dachte er an sie, wie wir an die Toten denken – in einer zarten Grenzenlosigkeit des Bedauerns, in einer leidenschaftlichen Sehnsucht nach der Wiederkehr idealisierter Vollkommenheit. Er hatte sie geliebt – hatte sie geliebt – und hatte nie die Wahrheit erfahren ... Die Jahre würden in der Qual der Zweifel dahingehen ... Er erinnerte sich an ihr Lächeln, ihre Augen, ihre Stimme, ihr Schweigen, als hätte er sie für immer verloren. Die Jahre würden dahingehen, und er würde immer ihrem Lächeln mißtrauen, ihren Blick beargwöhnen; er würde immer ihre Stimme verdächtigen, er würde nie mehr Vertrauen in ihr Schweigen haben. Sie hatte keine Gabe – sie hatte keine Gabe! Was war sie? . . . Die Jahre würden dahingehen; die Erinnerung an diese Stunde würde verblassen – und sie würde die materielle Freude eines untadeligen Lebens mit ihm teilen. Sie hatte keinen Glauben, keine Liebe für irgend jemand. Sich in Gedanken, im Vertrauen an sie wenden, war so, als hätte man ein Geständnis über den Rand der Welt hinweg geflüstert. Nichts kam zurück – nicht einmal ein Echo.

Im Schmerz dieses Gedankens wurde sein Gewissen geboren; nicht jene Furcht der Reue, die unter den verworrenen Tatsachen des Lebens langsam wächst und langsam verfällt, sondern ein göttliches Wissen, das vollausgewachsen, bewaffnet und streng einem geprüften Herzen entspringt, um die geheime Niedrigkeit der Motive zu bekämpfen. Plötzlich überkam ihn die Erkenntnis, daß Sittlichkeit nicht ein Instrument des Glückes ist. Die Offenbarung war schrecklich. Er sah sogleich, daß nichts von dem, was er wußte, im geringsten von Belang war. Die Handlungen von Männern und Frauen, Erfolg, Demütigung, Würde, Versagen – nichts war von Belang. Es war eine Frage größerer oder geringerer Pein, dieser Freude oder jenes Kummers. Es war eine Frage von Wahrheit oder Falschheit – es war eine Frage des Lebens oder Todes.

Er stand in der offenbarenden Nacht – in der Finsternis, die die Herzen prüft, in der Nacht, die nicht dem Werk der Menschen dient, doch in der der Blick der Menschen ungeblendet vom Sonnenlicht raffgieriger Tage zuweilen bis zu den Sternen wandert. Die vollkommene Stille um ihn her hatte etwas Feierliches, aber er fühlte, daß es die verlogene Feierlichkeit eines Tempels war, der den Riten eines nichtswürdigen Glaubens geweiht war. Die Stille innerhalb der verschwiegenen Wände brachte deutlich Sicherheit zum Ausdruck, aber sie erschien ihm aufreizend und finster wie die Verschwiegenheit einer gewinnbringenden Niederträchtigkeit; sie war der vorsichtige Friede einer Falschmünzerhöhle – eines übelbeleumdeten Hauses! Die Jahre würden dahingehen – und niemand würde es erfahren. Niemals! Nicht bis zum Tod – nicht danach ...

»Nie!« sagte er laut in die offenbarende Nacht. Und er zögerte. Das Geheimnis der Herzen, das zu schrecklich für die schüchternen Augen der Menschen ist, soll ewig verschleiert zu dem ewig unerforschlichen Schöpfer des Guten wie des

Bösen zurückkehren, zum Herrn der Zweifel und der Triebe. Sein Gewissen war geboren – er hörte dessen Stimme und er zauderte, weil er nichts von dessen Kraft wußte, von der schicksalhaften Macht, dem Geheimnis seines Herzens! Ein furchtbares Opfer: sein ganzes Leben in die Flammen eines neuen Glaubens zu werfen! Er benötigte Hilfe gegen sich selbst, gegen den grausamen Erlösungsglauben. Das Bedürfnis nach schweigender Mitschuld, wo sie sich ihm nie versagt hatte, die jahrelange Gewohnheit behauptete sich. Vielleicht würde sie helfen ... Er riß die Tür auf und stürzte wie ein Fliehender hinein.

Er stand mitten im Zimmer, ehe er noch etwas anderes sehen konnte als die blendende Helligkeit des Lichts; und dann tauchte wie losgelöst und in Augenhöhe darin schwebend der Kopf einer Frau auf. Sie war aufgesprungen, als er ins Zimmer stürzte.

Einen Augenblick lang betrachteten sie einander wie benommen vor Staunen. Ihr über die Schultern fließendes Haar blinkte wie Gold. Er blickte in die unergründliche Offenheit ihrer Augen. Nichts war darin – nichts – nichts.

Er stammelte verwirrt.

»Ich möchte – ich möchte ... wissen ...«

Über das offene Licht der Augen huschten Schatten; Schatten des Zweifels, des Argwohns, des immer bereiten Argwohns einer unstillbaren Feindseligkeit, das erbarmungslose Mißtrauen eines ewigen Verteidigungsinstinkts; der Haß, der tiefe, erschrockene Haß auf eine unverständliche – eine abscheuliche Gefühlsregung, die ihren rohen Materialismus dem geistigen und tragischen Widerstreit ihrer Gefühle aufzwang.

»Alvan ... Ich dulde das nicht ...«, begann sie plötzlich und keuchte. »Ich habe ein Recht – ein Recht – gegen – mich selbst ...«

Er hob einen Arm und sah so bedrohlich aus, daß sie erschrocken innehielt und ein wenig zurückwich.

Er stand mit erhobener Hand da ... Die Jahre würden dahingehen – und er würde mit dieser unergründlichen Offenheit leben müssen, über die die Schatten des Argwohns und Hasses huschten ... Die Jahre würden dahingehen – und er würde niemals wissen – ihr niemals trauen ... Die Jahre würden ohne Glauben und Liebe verrinnen ...

»Kannst du das aushalten?« schrie er, als hätte sie alle seine Gedanken hören können.

Er sah drohend aus. Sie dachte an Gewalt, an

Gefahr – und einen Moment lang zweifelte sie daran, ob es der Herrlichkeiten genug auf Erden gebe, um ein so brutales Erlebnis aufzuwiegen.

Er schrie abermals: »Kannst du das aushalten?« und starrte sie wie wahnsinnig an. Auch ihre Augen sprühten Funken. Sie konnte nicht das schreckliche Getöse seiner Gedanken hören. Sie argwöhnte eine plötzliche Reue in ihm, eine neue Eifersucht, ein unredliches Verlangen nach Ausflüchten. Sie schrie zornig zurück: »Ja!«

Er erzitterte, dort wo er stand, wie unter der Anstrengung, aus unsichtbaren Fesseln auszubrechen. Sie bebte am ganzen Leib.

»Nun, ich kann es nicht!« Er machte eine Bewegung mit beiden Armen, als wollte er sie von sich fortstoßen, und schritt aus dem Zimmer. Die Tür schlug mit einem Knall hinter ihm zu. Sie machte drei schnelle Schritte darauf zu und blieb, die weißgoldene Türfüllung anstarrend, stehen. Kein Laut drang von draußen herein, nicht ein Flüstern, nicht ein Seufzer; nicht einmal Tritte waren auf dem dicken Teppich zu hören. Es war, als ob er sich plötzlich, kaum daß er gegangen war, aufgelöst hätte – als ob er gestorben und sein Körper zusammen mit der

Seele auf der Stelle verschwunden wäre. Sie horchte mit geöffneten Lippen und unsteten Blicken. Dann wurde unten, tief unter ihr, wie in den Eingeweiden der Erde, eine Tür laut zugeschlagen; und das stille Haus erbebte darunter vom Dach bis zu den Fundamenten mehr als unter einem Donnerschlag.

Er kehrte nie zurück.

Vladimir Pozner
Die Verzauberten
Roman

Aus dem Französischen von
Stephan Hermlin

Band 9301

Vladimir Pozners eleganter, im Stil der klassischen Novelle komponierter Roman *Die Verzauberten* (1961) erzählt eine Geschichte von ›Unordnung und frühem Leid‹. Ein kleines Mädchen erfährt die erste bittere Enttäuschung seines Lebens, als der von ihr bewunderte Zauberer Prinz Abdallah sich als gewöhnlicher Gauner herausstellt und das geliebte Kindermädchen, für das es alles getan hätte, sie aus Liebe zu jenem zweifelhaften Burschen im Stich läßt.

Fischer Taschenbuch Verlag

Herman Melville
Bartleby
Erzählung

Aus dem Amerikanischen von
W. E. Süskind

Band 9302

Die Geschichte von dem gewissenhaften und unnahbaren Kanzleischreiber Bartleby, der eines Tages mit sanfter Nachdrücklichkeit seine Arbeit verweigert – »Ich möchte lieber nicht« –, die Entschlossenheit zur Passivität bis zur gänzlichen Untätigkeit weitertreibt und sich zuletzt, in radikaler Konsequenz der Negation jede Nahrungsaufnahme verweigernd, im Gefängnis zu Tode hungert: diese beklemmend aktuelle Geschichte wurde 1853 geschrieben.

Fischer Taschenbuch Verlag